# Die geliehene Teekanne

Neun Geschichten
von Marie Luise Fleischer

Ein Flussabschnitt im Boot führt zu mehr Lebenserfahrung – Eine verfahrene, zwischenmenschliche Situation stellt die gemeinsame Lebensbasis in Frage – Ein Urlaub führt ein großes Missverhältnis vor Augen – Bei Nacht sieht alles anders aus: Die Kehrseite des Computerbooms – Wir sehen die persönlichen Probleme einer Person mit denen der Geisteswissenschaft verwoben – Traumgleich wird eine Person durch eine Stadt geführt – Begegnung mit Brecht – Das Kernstück einer überholten Ethik ist ausgebrochen – Eine Geschichte nimmt die Stelle des Nachworts ein.

In diesen Geschichten mischt sich in unser Umfeld eine fremde, manchmal bizarre Welt. Aber daraus resultiert nicht Befremden, sondern vertiefte Erfahrung. Ob der geistige Horizont nicht ein anderer sei, als der sichtbare und durch Instrumente erreichbare – diese Frage stellt sich beim Lesen dieser ungewöhnlichen Geschichten.

Von den vielen Überraschungen, die ich in der langen Vorbereitungszeit dieses Buches erlebte, war wohl die größte auf die Urheberin und damit Autorin dieser Inhalte zu stoßen. Da ich von der Person Marie Luise Fleischer nicht viel mehr als ihren Namen kenne, seien, um die Lücke zu füllen, ein paar Eckdaten von mir, dem Schreiber, genannt.

Ich bin 1955 in Neudorf geboren, mit Blick auf die Innerschweizer Berge. Ich lebe seit 1984 in Deutschland und seit 1993 auf der schwäbischen Alb. Mein Name, Aro Stocker. Es ist unser erstes Buch.

**Impressum**

Originalausgabe
© 2003 Books on Demand GmbH
D-22848 Norderstedt

Cover: Johannes-Christian Rost

ISBN 3-8330-1090-8

## Anmerkung des Schreibers

Beim Schreiben dieser Geschichten beunruhigte mich nichts so sehr wie die Frage, ob Marie Luise Fleischer mit der Umsetzung ihrer Inhalte zufrieden sein werde. Etwas weniger besorgt war ich, nachdem sie mir für drei der Geschichten je einen länglichen Edelstein geschenkt hatte. Doch waren die teuren Steine nicht nur als Zustimmung zu verstehen. Deren längliche Form legte nahe, dass sie die Geschichten gerne etwas runder gehabt hätte.

Ja, es ist nicht immer leicht mit Marie Luise zu arbeiten. Das zeigte sich auch bei der neunten Geschichte, ‚Zentrum Tibet'. Um dem Schreiber verständlich zu machen, dass sie mit der Umsetzung ihres ‚Zentrum Tibet' nicht einverstanden war, bestellte ihn Marie Luise in die heimische Kapelle. Nichts ahnend schlüpfte er dort in die bereit gelegte Hülle um zu ministrieren. Doch da erkannte er sich als Landstreicher und Trinker und musste hinnehmen, dass er aus dem Umkreis der Kapelle gewiesen wurde. Folglich wurde diese neunte Geschichte verworfen.

Wie kommt es nun aber, dass aus den acht verbliebenen Geschichten doch wieder neun wurden? Indem sich das Nachwort in eine solche verwandelt hat. Auch von dieser letzten ‚Geschichte' ist Marie Luise die Urheberin, wenn auch mehr indirekt.

# Lauter weiße Schachfiguren

In einer ursprünglichen, von Wasserarmen durchzogenen Graslandschaft kniete eine Frau bei einem Kind und war bemüht dieses zu trocknen und wieder aufzumuntern. Über ihnen war kein Wölkchen. Keine Reste einer Wetterfront erinnerten an ein Unwetter. Dass sie gekentert waren, ausgerechnet an diesem allerschönsten Ort, war einfach unerklärlich. Die ebene Wildnis war ausgewogen in Gras und Wasserflächen geteilt. Harmonischer hätte eine Naturlandschaft nicht sein können.

Fernab jeder Zivilisation gab es keine andere Möglichkeit als weiter zu fahren. Daran erinnerte auch die Bootsführerin, die nicht weit entfernt geräuschvoll im Boot hantierte. Youna bemerkte die Aufforderung, aber sie ließ sich nicht beirren. Sie nahm sich die Zeit, die nötig war, um das Vertrauen der Kleinen wieder zu stärken. Hier konnte man ein Kind nicht einfach wegschicken, es zurück zu lassen, kam für sie ganz und gar nicht in Frage.

Die äußeren Bedingungen waren jedenfalls günstig für eine Weiterfahrt. Kein Lüftchen rührte sich und das Licht war angenehm mild. Youna war sicher, dass nur die eine Seite des Kindes verschüchtert war und dass da immer noch die andere war, die eine Fortsetzung der

Fahrt wünschte. Sie ging erst ganz auf die Verschüchterte ein, die sich auf keinen Fall wieder ins Boot setzen wollte. Erst als das Kind ganz beruhigt war, sprach sie davon, was noch alles zu entdecken sei.

Die Bootsführerin machte jetzt ihre Unruhe durch Räuspern und Paddelschlagen bemerkbar. Youna gab der Ungeduldigen zu bedeuten, dass sie doch lieber die Decke holen solle, die noch hinter ihnen im Wasser lag, als ihr Bemühen um das Kind zu stören. Die Frau sprang nackt ins Wasser und schwamm mit kräftigen Zügen zurück. Als sie wiederkehrte, war die Kleine endlich so weit. Sie stand auf und lief durchs Gras zum Boot, während Youna durchs Wasser watend folgte. Youna war von der skeptischen Haltung der Bootsführerin nicht überrascht. Der stämmigen Frau war schon mehrmals entfahren, dass ein Kind auf einer solchen Fahrt nichts zu suchen habe. Ihr wäre wahrscheinlich lieber gewesen, wenn die Kleine ganz ausgeschieden wäre. Aber Freude zeigte sie jetzt doch, als das Mädchen beherzt ins Boot stieg. Youna, die sich nach hinten gesetzt hatte, war mit dem Platz nicht zufrieden. Sie und das Kind saßen direkt unter dem Arsch der Bootslenkerin, die aufrecht wie ein Mast im Boot stand. Da kroch die Kleine mit ihrem blonden Schopf an den stämmigen Beinen vorbei und platzierte sich ganz vorne. Dabei durchstieß sie mit ihren Füßen eine dünne Platte, die als Spritz und Sichtschutz gedient hatte. Die Fahrerin warf das nutzlos gewordene Teil, halb verstimmt, halb lachend ins Wasser. Auch Youna ging nach vorne. Da stieß die Bootsfrau den Kahn ab und weiter ging die Fahrt.

Aus dieser ursprünglichen Landschaft kommend, tauchte als erstes eine hohe Mauer als Zeugnis eines bewohnten Ortes auf. Näher gekommen schien es nur eine Ruine zu sein, denn durch die Fensterlöcher strahlte wieder das Blau des Himmels. Der Wasserarm wurde durch beidseitige Mauern zu einem Kanal verengt, ohne dass sich die Fließgeschwindigkeit des Wassers verändert hätte. Eisenstäbe, mit Scharnieren an den Mauern befestigt, ragten wie Flügeltüren von beiden Seiten über das Wasser. Aber auf die Stäbe wirkte keine Spannung, so dass sie ungehindert passieren konnten.

Mit dem Ende der hohen Wand wurde nach links hin der Blick auf eine Parklandschaft frei. Youna kannte die schöne Anlage von Zeitungsbildern. Ihr fielen jetzt einzelne Gebäude auf, die dem Park noch einen zusätzlichen Reiz gaben. Dort wo das Gelände anstieg, sah sie eine Besonderheit, die eines der Zeitungsbilder festgehalten hatte, ein Feld aus weißen Figuren. Beim ersten Hinschauen, damals, hatte sie diese für Kreuze eines Soldatenfriedhofs gehalten. Doch dann hatte sich gezeigt, dass es Schachfiguren waren, lauter weiße. Jetzt aber sah Youna, dass die Figuren alle geknickt waren, das Feld sah von weitem aus wie eine Pflanzung nach einem Orkan. „Das muss doch wieder aufzubauen sein", war ihre erste Reaktion. Doch Zweifel kamen ihr auch, ob dies zu leisten sei.

Sie stiegen aus dem Boot und gingen durch den Park. Es war ein selten schöner Ort. Halbrunde Mauern mit Säulen und Bögen verliehen dem Ort eine geradezu klassische Ausstrahlung. Kein Wunder, sagte sie sich, dass an diesem Ort viele Humanisten gewandelt sein sollen. In diesem unteren Bereich bemerkte Youna keinerlei Einwirkung eines Sturms.

Aber als sie die Anhöhe hinaufsteigend in das Figurenfeld traten, da erhärtete sich, was Youna vom Boot aus wahrgenommen hatte. Keine der Figuren war mehr heil, nichts als Splitter und Stümpfe waren geblieben. Jetzt, da sie in diesem Trümmerfeld die ganze Kraft der Zerstörung erfuhr, kam ihr eine Frage: Wie soll eigentlich gespielt werden, mit lauter weißen Figuren? Sie wunderte sich, warum ihr dieser Gedanke nicht schon früher gekommen war. Für ein wirkliches Spiel brauchte man doch auch schwarze Gestalten. Genau genommen sogar gleich viele, von beiden.

Youna musste an die schlimme Überraschung dieses Tages denken. Die Bootsfrau warf ein, ihre Gedanken lesend: „Wir hätten das Kentern verhindern können, wenn uns nicht nur die weißen Figuren zur Verfügung gestanden hätten." Youna nickte und fügte hinzu: „Der Sturz ins Wasser hätte uns zumindest nicht so überraschend getroffen."

# Am Grashalm hängend

Zwischen Licia und ihrem Lebenspartner war es mal wieder zu einer heftigen Auseinandersetzung gekommen. Sie bejahten zwar beide ihre Partnerschaft, aber das half nicht darüber weg, dass ihr Gesinnungen grundverschieden waren. Eine Lappalie hatte genügt und sie waren in ein heftiges Wortgefecht geraten.

Er warf Licia vor: „Du zerstörst unser Heim, man wird hier nie mehr seine Ruhe haben können."

Und sie konterte: „Und du nimmst mir die Luft weg, indem du versuchst uns von aller Welt auszugrenzen."

Während Licia dazu neigte die Türen zu öffnen und alle Welt als ihresgleichen zu begrüßen, war ihr Partner stets bemüht den Zugang zu ihrer gemeinsamen Wohnung noch mehr abzuschotten. Sein erklärtes Ziel war, jeder Verunsicherung vorzubeugen und nur noch den alten wohlbekannten Gesichtern den Zugang zu ihrem Haus zu gestatten.

Es waren immer nur kleine Zwistigkeiten, die einen Streit auslösten. Aber im Nu schaukelten sich ihre Wortgefechte hoch bis zu großen weltpolitischen Disputen.

„Ich weiß, ich sorge für weniges", fuhr er fort, „aber das wenige hege ich mit Sorgfalt, nicht zuletzt deinetwegen. Du aber kümmerst dich um alle und jeden. Wie es mir dabei geht, ist dir völlig egal."

Licia wurde lauter: „Für dich gibt es nur deinen Vorteil und dein Wohlsein. Der Rest der Welt kann darben, das kümmert dich nicht. Hauptsache dir geht es gut."

Er geriet darauf in Zorn: „Und du verschleuderst alles. Wenn ich dich nicht hinderte, gehörte unser Haus schon bald diesen Weltenbummlern, die du vergötterst oder gar diesen Straßenkindern und Asylbetrügern, vor denen du zerfließt, als wären es unsere leiblichen Kinder."

Sie wurde nun ätzend: „Du bist wie diese, diese Neonas. In einer Hochkultur führen sie sich auf wie Neandertaler."

Und er schrie dagegen, mit hochrotem Kopf: „Ja, warum nicht? Das Leben ist noch immer ein Kampf. Das begreifst du nicht. Manchmal denk ich wirklich du bist von einem anderen Stern."

Irgendwann ging ihnen dann gewöhnlich die Luft aus oder sie schämten sich plötzlich ob ihrer scharfen Worte. Es brauchte dann eine Weile der Distanz und des Schweigens, bis sie sich wieder versöhnten.

Dieses Mal aber wurden die beiden mitten im Wortgefecht unterbrochen. Eine langjährige Bekannte trat ein. Licias Partner wusste, dass die Eingetretene seine Gesinnung teilte und zog diese mit in den Streit hinein. „Der häusliche Fleck", ließen die zwei nun hören, „ist der Nabel der Welt. Dem Wohlsein in den vier Wänden ist jedes andere Anliegen unter zu ordnen. Wer dies missachtet, versündigt sich am Leben selbst." Gemeinsam waren sie

12

sich einig, dass Licia mit ihrer weltoffenen Einstellung gegen diese grundsätzlichste aller Regeln des menschlichen Daseins verstieß.

Da wurde Licia durch eine Entdeckung abgelenkt. In der Wand war ein Schnitt, tatsächlich. Die Öffnung war tief, die Wand schien selbst ein Raum zu sein. Trotz ihrer Platzangst wagte sich Licia hinein und glitt sorgsam durch den langen Spalt hindurch.

Aus der Enge gelangte sie in eine archaische Welt, die nur spärlich erhellt war. Licia hätte sich auf dem karstigen und dunklen Felsen bestimmt gefürchtet, wenn sie nicht schon früher einmal in eine ähnliche Umgebung geraten gewesen wäre. Dabei hatte sie gelernt ihre Ängste hinten an zu stellen.

In diesem wüsten Land sah sie einige Menschen, die eine Person begleiteten, die sich unmöglich benahm. Wie Licia aus dem Geschrei entnahm, hatte die Gruppe sie von Irland zurück geholt und heimgebracht. Zu spät allerdings, zu lange war sie dort gewesen und war dabei irre geworden. In diesem Irland, von dem die Rede war, wohnten auch die Ultrakonservativen, die nichts als ihre eigenen kleinen Wünsche kannten und gewalttätig wurden, weil die Welt sich darauf nicht beschränken ließ.

Weitergehend wurde es heller. Aber die Landschaft blieb karg und Licia wurde deutlich, dass sie sich an einem ziemlich exponierten Ort befand. Als sie sich dem höchsten Punkt, einem hellen Felsband näherte, kam es zu einer erfreulichen Begegnung. Sie traf auf Leonhard Maß, einem Phänomen von Weltenbürger, den sie schon

13

auf früheren Abenteuern kennen gelernt hatte und den sie als jemand ganz Außergewöhnlichen ansah. Leonhard sprach sie an und lud sie zu einem Experiment ein. Er warb außer Licia noch weitere Teilnehmer, indem er über sein Tätigkeitsfeld sprach. Dabei behauptete er, dass alle, die in diesem spezifischen Beruf arbeiteten – es musste etwas zwischen Pädagoge, Berater und Therapeut sein – von ihm geschult würden.

„Er übertreibt etwas, ‚alle über ihn‘", dachte Licia, „wie sollte das möglich sein?"

Leonhard musste ihr Misstrauen gespürt haben, denn er rechtfertigte sich: „Übers Tele!", erklärte er.

‚Übers Tele'? Jetzt steckte Licia vollends im Rätsel. Was meinte Leonhard? Schulte er die Leute mittels Fernseh-Programmen?

Schließlich hatte sich eine Truppe gebildet und man setzte sich reihum zu einem Workshop zusammen. Es sollte wohl eine dieser Übungen werden, in deren Verlauf man auf eine geistige Reise geführt wurde. Licia spürte das übliche Widerstreben, das sie in solchen Situationen überkam. Auf der einen Seite die Skepsis, einer billigen Verführung zu erliegen, auf der andern Seite das Brennen darauf, etwas Ungewöhnliches zu erfahren. Leonhard Maß jedoch sagte gar nichts, er beschrieb weder eine imaginäre Reise, noch murmelte er magische Formeln. Und doch blieb diese Skepsis und Licia versicherte sich fortlaufend, dass alles um sie blieb wie es war.

Sie blickten tief hinunter auf eine Landschaft. Es war ihr Lebensraum, den sie da unten sah. Sie empfand nichts

Ungewöhnliches dabei. Das Überraschende trat erst ein, als unter ihnen kleine Tortenförmchen wie Ballone daherzogen. Diese waren mit weißem Bausch gefüllt. Kurz darauf war plötzlich der Blick auf die Landschaft versperrt, dichter Nebel hatte sich unter ihnen ausgebreitet. „Wir hätten sie nicht alle leeren dürfen", bemerkte eine Frau an der Seite des Leitenden. Licia registrierte, dass diese mehr wusste als sie. Sie meinte die Schälchen. „Man muss den Quotienten meiden", belehrte sie weiter, „die Zahl darf nicht aufgehen, sonst ist es aus mit der Sicht".

In dem Moment kippte Licia um. Sie hing nun wie am Reck in der Kniekehle, und starrte in die Tiefe unter ihr. Durch stahlblaue, eisige Luft sah sie in eine Sternenwelt. Es war jedoch noch immer die gleiche Landschaft, auf die sie eben geblickt hatte, ihre Lebenswelt. Doch diese bildete nun keine zusammenhängende Fläche mehr, sondern war in unendlich viele Punkte aufgelöst. Manche davon gehörten zusammen, andere dagegen lagen in ganz anderen Tiefen.

Vollends erschauerte Licia, als sie, nach oben blickend, einen schwebenden Grashalm sah. An nichts anderem, als an einem feinen, sattgrünen Halm, hing sie. Erst ein eindringlicher Spruch, der nun wirklich magisch klang, holte sie wieder auf die Beine zurück: „Bewusstsein, Bewusstsein, du Orgelwerk, du Regelwerk, kehr wieder!".

In dem Moment fand sich Licia in der Küche wieder. Ihr schwindelte noch von dem eben durchstandenen Abenteuer, aber sie ließ sich nichts anmerken und setzte die einfache Tätigkeit fort, die sie davor begonnen hatte.

15

Den Steinboden unter den Füßen zu spüren, sich an das Holz der Ablage zu lehnen, empfand sie als große Wohltat. Die beiden Gleichgesinnten waren so beschäftigt gewesen sich gegenseitig die Vorteile eines geschlossenen und gesicherten Lebensraumes zu bestätigen und alle Gefahren einer Öffnung aufzuzählen, dass sie gar nicht bemerkt hatten, wie lange ihre Widerrednerin fort gewesen war. Licia spürte, wie ihr Puls ruhiger wurde und wie sie mit der simplen Haustätigkeit langsam wieder Boden gewann.

Als die Bekannte ging, fürchtete sie, der Streit könnte erneut aufflammen. Dazu sah sie sich nach dem eben Durchlebten überhaupt nicht in der Lage. Ihr Partner jedoch war wie verwandelt. Ganz offensichtlich hatte es ihm gut getan mit einer Frau zu reden, die mit ihm auf gleicher Ebene stand.

# Ein übervolles Haus

Louise war das erste Mal zu dem fremden Kontinent hin aufgebrochen. In der Reisegruppe steckten aber welche, die schon oft in Afrika gewesen waren. Eine Landsmännin zum Beispiel rechnete Louise vor, dass sie diesen Erdteil schon acht Mal besucht hatte. Sie war zusammen mit ihrer Tochter unterwegs und berichtete, dass ihre Vorfahren, schon seit langem, Afrika als ihre zweite Heimat betrachtet hätten. Bestimmt eine Abenteurerin und Geschäftsfrau, überlegte Louise, während die Mitreisende weiter ausholte: „Die Afrikaner wüssten heute noch nichts von uns, wenn nicht Leute wie mein Urahn zu ihnen vorgedrungen wären."

„Ist ja nicht alles so löblich, was im Laufe der Öffnung geschehen ist", wagte Louise einzuwerfen. Doch die Abenteurerin war zu sehr in Fahrt, um die Bedenken zu hören. „Mein Großvater noch", fuhr sie im Eifer fort, „war nicht nur ein Händler gewesen, sondern ebenso ein Großwildjäger." Und sie schilderte, wie dieser sein heimatliches Domizil über und über mit Trophäen aus diesem Kontinent angefüllt hatte.

Louise sah auf die sehnige, braun gebrannte Frau und dachte, was sind wir Abendländer doch Draufgänger, keinen Fleck, den wir nicht heimgesucht hätten. Die Mitreisende berichtete, dass sie wieder an den selben Ort fahren würde, wie letztes Mal, aber sie verriet nicht, was sie dort vorhatte. Was mag sie an solch einen abgelegenen Ort führen, überlegte Louise. War diese Frau wirklich eine Händlerin, wie Louise spontan annahm? Kaufte sie Rohstoffe ein? Trieb sie womöglich gar illegale Geschäfte? Louise konnte nur raten. Möglich war doch auch, dass sie zu Forschungszwecken reiste und dort ein wissenschaftliches Projekt betreute. Oder sie reiste überhaupt nur hin um Freundschaften zu pflegen und auszuspannen. Doch für Louise blieb diese Abenteurerin eine Geschäftsfrau, das war der erste Eindruck, den sie von ihr gewonnen hatte.

Kaum waren sie angekommen, da setzte sich Louises umtriebige Mitreisende in einen Jeep und fuhr davon, irgendwohin in den Dschungel oder in die Savanne. Sie hatte aber angekündigt, dass sie rechtzeitig zur Anlagestelle zurückkehren und mit heimfahren werde.

Louise musste sich erst mit der fremden Stimmung an diesem Grenzpunkt zwischen westlicher und afrikanischer Welt vertraut machen. Deshalb blieb sie noch eine Weile an diesem Ort, um sich dann erst für einen der gebotenen Ausflüge zu entscheiden. Ihre Gedanken kreisten noch um die Abenteurerin, die sie um den direkten Kontakt zu den Einheimischen beneidete. Wird schon in Ordnung sein, was sie dort treibt, dachte Louise, die Afrikaner wünschen ja auch die Begegnung und den Austausch.

Louise hatte die Frau alleine losfahren sehen. Die Tochter hatte offensichtlich keine Lust der Mutter zu folgen. Sie blieb in der Grenzstadt zurück und hatte sichtbar Langeweile. Louise sah mit Befremden, dass die Heranwachsende eine Waffe bei sich hatte. Die trug sie bestimmt ohne Erlaubnis der Mutter, sagte sich Louise. Die Jugendliche wusste nun nichts Besseres zu tun, als mit ihrer Pistole loszuballern. Als Ziel hatte sie sich ein langgezogenes Haus über dem Kanal genommen. Dieses Haus war Louise schon bei der Ankunft aufgefallen. Die Junge feuerte darauf eine Anzahl von Schüssen ab. Louise dachte: So sind die Jugendlichen halt, ist ja nicht so schlimm, wird schon nichts passiert sein. Dann aber fiel ihr auf, dass seitlich des Hauses Bahren heraus getragen wurden. Ob da Verletzte oder gar Tote darauf lagen, war nicht zu sehen. Louise machte sich nicht wirklich Sorgen, denn es konnte sich ja um ein Krankenhaus oder um ein Altenheim handeln. Doch dann stellte sie fest, dass die Anzahl der Bahren genau mit der Zahl der Schüsse übereinstimmte. Danach kam keine Bahre mehr. Purer Zufall, sagte sie sich, es ist kaum möglich, dass ein einzelner Schuss in einem so großen Haus jemanden verletzt, dass aber aus einer Folge von Schüssen jede Kugel trifft, ist ganz unmöglich.

Um Gewissheit zu erlangen, ging Louise über den Kanal. Nahe dem Eingang befragte sie Herumstehende. Die aber wollten weder Verletzte, noch Tote, ja nicht mal Bahren gesehen haben. Alles was sie erfuhr, war, dass dies ein Flüchtlingshaus sei. Die Art der Bewachung ließ darauf schließen, dass es sich überdies um ein Gefängnis handelte. Louise ließ sich von den abweisenden Blicken der Ordnungshüter nicht hindern und drängte sich nahe an die Tür. Sobald diese geöffnet wurde, konnte sie hineinblicken. Nun wurde ihr auf ein Mal klar, dass doch jeder Schuss getroffen hatte. Die Kugeln konnten gar nicht anders als Menschen verletzen und töten, denn das riesige Gebäude war vom Boden bis zum Giebel mit Menschen angefüllt. Die Weise, wie die Insassen auf dünnen Böden aneinander und übereinander gedrängt waren, erinnerte in beängstigender Weise daran, wie man früher Menschen in Boote verfrachtet hatte. Die Flüchtlinge waren aber nicht angekettet. Louise sah auch keine Wärterinnen mit Peitschen, aber ihre übergroße Zahl zwang die Gefangenen, sich so eng aneinander zu drängen, dass kaum mehr freier Raum zwischen ihnen blieb. Wenn jemand ausfällig wurde und sich dieses Haus zum Ziel nahm, musste es unweigerlich Tote geben. Dies beunruhigte Louise sehr. Doch was sollte sie unternehmen? Sie musste sich eingestehen, dass sie nicht den Mut hatte gegen die Bewaffnete anzugehen, falls diese erneut schießen sollte. Es war Louise nun überdies klar, dass die Schützin gewusst hatte, um was für ein Haus es sich handelte. Und die Gründe für die Wahl ihres Ziels waren auch nicht schwer zu erraten. Wo anders hätte sie so leicht treffen können. Und wo sonst wäre ein solches Verbrechen straffrei geblieben.

Tatsächlich hatte niemand die Schützin verfolgt. Man hatte die Verletzten und Toten weggetragen, mehr nicht. Im Gegenteil, die Heranwachsende stand jetzt ebenfalls an der Tür. Die Blitze aus Louises Augen konnten ihr nicht entgangen sein. Aber statt zu verschwinden, machte sie einen makabren Scherz. Sie raunte: „Drei Todesarten gibt es für Menschen wie die da drin: den Hunger, den Galgen oder einen Schuss. Da ist das Letztere doch die schönste Art, oder nicht", fügte sie hämisch hinzu. Louise kochte vor Wut. Sie wollte dieser Jugendlichen weh tun. Sie wünschte sich eine Waffe. Sie sollte Schmerzen spüren, einen Denkzettel fürs Leben bekommen. Nur mit äußerster Mühe konnte Louise ihre Wut beherrschen. Es ist nicht gut im Jähzorn zu reagieren, beschwor sie sich. Und als der Zorn bezähmt war, wuchsen die Ängste in ihr. Was ist, wenn diese älter werdend die Waffen der Mutter erbt? Dann wird sie sich an mir rächen, ging ihr durch den Kopf. So war Louise schließlich heilfroh, als die Jugendliche sich verdrückte und aus ihrem Blickfeld verschwand.

Vor dem Eingang sah Louise nur eine einzige Person, die sich ebenfalls um die Gefangenen zu sorgen schien. „Ist es nicht bedauerlich, wie diese Menschen leben", sagte Louise zu der Fremden gewandt. „Ich glaubte erst, das Haus biete ihnen Schutz, doch wie man sieht, sind sie wie alle Gefangenen der Willkür ausgeliefert".

Die Angesprochene hob resigniert die Schultern. „Das ist der Preis für ein gefährliches Spiel", sagte sie. Louise zuckte zusammen. „Ein Spiel? Was für ein Spiel?", sagte sie etwas zu schroff, denn sie glaubte einen weiteren bösen Scherz zu hören.

„Das Spiel heißt ‚Heimatpoker'", sagte die Fremde, mit unveränderter Stimme. Als Louise verständnislos schaute, ergänzte die Fremde: „Sie setzen die Heimat aufs Spiel, gegen eine neue lockende Welt. Diese Menschen sitzen hier, weil sie dabei verloren haben". Und sie fügte noch hinzu: „Sie haben verloren, weil dieses Spiel verboten ist." „Aber dieses oder ein ähnliches Spiel wurde doch schon immer gespielt", wandte Louise ein. „Unsere Vorfahren hätten diesen Erdteil nicht entdeckt, wenn sie nicht dieses Spiel gespielt hätten. Und ich selbst trage es doch aus, indem ich auf Safari-Reise gehe oder mich hier an den Strand lege."

„Das Problem ist", warf die Fremde ein, „dass es schon zu viele sind, die es spielen." Und sie fügte hinzu: „Da man es den alten Spielern nicht verbieten kann, wird es den neuen untersagt. Wer von ihnen es aber trotzdem wagt und dabei gefasst wird, landet hier. Und sie wies auf das Haus, vor dem sie noch immer standen.

Nach der anfänglichen Verärgerung, fasste Louise Vertrauen zu der fremden Frau. Sie sah Gelegenheit ein paar Fragen zu stellen. Vor allem interessierte sie, wie es zu der seltsamen Bekleidung kam, die alle Flüchtlinge trugen. Ihre Hosen und Hemden waren nicht, wie sonst bei Gefangenen, gestreift, sondern schachbrettartig gemustert, weiß und schwarz.

„Das Muster wird hier genäht", wusste die Fremde zu berichten. „Die Administration empfängt schwarzen und weißen Stoff. Da man niemanden benachteiligen will, Kinder oder Erwachsene, Frauen oder Männer, wird der

Stoff zu diesem Patchwork-Muster verarbeitet".

„Woher die Materialien stammten?", wollte Louise wissen.

„Der schwarze Stoff kommt vom sogenannten Werktagsbeitrag", antwortete die Fremde, „den Weißen nennt man den Sonntagsbeitrag".

Louise konnte ihr Erstaunen nicht verbergen. Die Fremde schien sich ihrerseits zu wundern, denn sie fragte Louise, wo sie denn herkomme. Louise gab bereitwillig Auskunft. „Dann müssten sie das doch alles längst wissen", sagte die Fremde und runzelte die Stirn. Da Louise aber verneinte, erklärte sie: „Das schwarze Tuch stammt von den Werktätigen, sie spenden einen Beitrag, damit die Flüchtlinge nicht in ihr Land kommen. Es ist kein Geheimnis, dass sie den Flüchtlingen nicht gerade gut gesonnen sind."

Louise schüttelte den Kopf, davon hatte sie noch nie gehört. Die Fremde fuhr fort: „Das weiße Tuch dagegen stammt von den Sammlungen in den Kirchen und auf den Radiostationen. Es wird sowohl aus christlicher Liebe, wie auch aus aufgeklärter Gesinnung gespendet. Deshalb hat man auf der Farbe Weiß bestanden. Aus diesen beiden Stoffen werden die Hemden und Hosen genäht", schloss die Fremde ihre Mitteilung. Louise schüttelte noch immer den Kopf: „Zu seltsam wirklich", entfuhr ihr. Und die Fremde stimmte zu, indem sie sagte: „Besonders befremdlich ist, dass oft die selben Menschen sowohl am Werktagsbeitrag wie auch am Sonntagsbeitrag beteiligt sind."

Louise kehrte über den Kanal zurück. Die Erfahrungen dieses Tages hatten ihre Ferienstimmung beträchtlich getrübt. Um den quälenden Eindrücken zu entkommen, wählte sie unter den Ferienprogrammen die Tiersafari aus. Die Abenteuer in der Savanne würden sie von dem Vorgefallenen ablenken. In der Ruhe eines Strandaufenthaltes dagegen, hätten sie die drängenden Gedanken weiter heimgesucht.

Selbst die Heimkehr hatte einen Beigeschmack. „Ah, jetzt kehrst du zurück, zu deiner Sonntags- und Werktagswebertätigkeit", wiederholte eine innere Stimme, die nicht auszuschalten war.

# Die Nacht bevor Lora
## ihren ersten Computer kaufte

Lora gehörte nicht zu denen, die immer das Neuste haben müssen. Es hatte eine ganze Weile gedauert, bis sie sich für einen Computer zu interessieren begann. Wäre ihr Berufsfeld ein anderes gewesen, so hätte sie wahrscheinlich von dieser Entwicklung gar nichts mitbekommen. Aber nach dem sie das erste Mal einen Text an einem Computer getippt und überarbeitet hatte, setzte sie sich nur ungern wieder an die Schreibmaschine. Lora entschloss sich also einen Rechner anzuschaffen, mit Bildschirm, Drucker und was sonst dazu gehört.

An dem Abend, bevor sie den ersten Computer kaufte, war sie ziemlich aufgeregt. Sie kam nur schwer zur Ruhe und lief dann, aus dem Schlaf hinaus, in die Stadt. Die schwüle Luft des Sommertages hing noch zwischen den Häusern und Lora ging durch die Gassen, ohne recht zu wissen wo hin. In einer Querstraße stieß sie plötzlich auf ein Haus mit einem Schild „Best-Computer" an der Tür. So hieß doch die Firma, bei der sie ihr Gerät kaufen wollte. Sie war an den Hintereingang geraten. Die Tür war noch angelehnt. Da sieht man wieder, sagte sich Lora, in diesen neuen Betrieben gelten nicht die gewöhnlichen Arbeitsbedingungen. Da wird gut verdient, aber auch außergewöhnlich gearbeitet. Vielleicht würde sie ja, zu ungewohnter Stunde kommend, ein besonderes Angebot erhalten, ging es ihr weiter durch den Kopf. Sie schob die Tür auf und gelangte durch ein kaum beleuchtetes Treppenhaus tatsächlich in einen Laden.

Am Kontor im vorderen Teil des Raumes stand ein Händler und zeigte keine Verwunderung, sondern empfing sie mit geschäftsfreundlicher Miene. Gleichzeitig jedoch gewahrte sie links vom Tresen im Hintergrund etwas, das ihr ganz und gar unglaublich schien und ihr Angst einjagte. Sie musste aber die Augen auf dem Händler lassen, der sich nach ihren Wünschen erkundigte. Als Loras Blick trotzdem in den dunkleren Bereich schweifte, zeigte sich sofort Verstimmung in seinem schweißnassen und verkaufsrunden Gesicht. Sie fasste sich und fragte nach dem PC, den sie auf dem Werbezettel gesehen hatte. In dem Moment knarrte eine Tür auf der andern Seite des Tresens und ein Mitarbeiter trat mit einem Stapel Kisten ein.

Lora nutzte die Ablenkung und richtete sich auf das bis dahin nur schattenhaft Wahrgenommene. Im Halbdunkel der Raumesecke kauerte eine Frau, eine Asiatin. Angst und Erregung ergriffen Lora zugleich. Die Frau war nackt, es war ganz offensichtlich eine Sklavin. Aber war die Sklaverei im asiatischen Raum und erst recht im hiesigen nicht längst abgeschafft? Der Gesichtsausdruck der Frau erinnerte Lora an alte Aufnahmen und Zeichnungen von so gehaltenen Menschen. Diese Kauernde aber war nicht gemalt, Lora fühlte sich von ihren feindlichen und zugleich flehenden Blicken in Bann gezogen. Kein Zweifel, diese Frau lebte. Aber sie war übel zugerichtet, blaue Flecken am ganzen Körper. Dennoch strotzte ihr Leib von gebundener Kraft und Sinnlichkeit.

Furcht überkam Lora, als Frau an diesem fremden Ort, zu dieser unmöglichen Stunde. Aber dann fiel ihr ein, dass sie ja Käuferin war und dass sie sich diesseits des Ladentisches in einer ganz anderen Situation befand. Als Kundin wollte sie nun im Gegenteil aufbegehren und den Ladeninhaber zur Rechenschaft ziehen. Doch was wusste sie denn von den Verhältnissen, die in dieser Firma herrschten. Würde ihr Einwand dieser Frau überhaupt helfen, oder im Gegenteil ihre Lage verschlimmern? Der Händler wandte sich ihr wieder zu. Die Aussicht auf ihre neue Anschaffung lenkte sie ab. Sie hörte sich die Auflistung der Features an und nickte dazu, obwohl ihr viele Begriffe nicht vertraut waren.

Als der Händler sie in den angrenzenden Raum führte, war sie erleichtert dem Blickfeld der Sklavin zu entkommen. In diesem zweiten Raum sah sie Personalcomputer und andere Geräte, die mit Spots beleuchtet wurden. Doch als ihre Augen durch das Halbdunkel in den weiteren Raum schweiften, da erlebte sie eine weitere Überraschung. Mitten zwischen all den modernen Geräten stand auf einem Billardtisch ein leibhaftiger Stier. Lora glaubte einer Täuschung zu unterliegen. Wie sollte so ein großes Tier in einen Laden kommen und warum gerade auf einen

Billardtisch. Sie war doch hier nicht in eine Spielhölle geraten? Doch wie sie auch die Augenlieder bewegte und den Kopf schüttelte, die Wahrnehmung ließ sich nicht vertreiben. Im Gegenteil, sie hörte jetzt ein Schnauben und sah wie das Tier stampfte. Da war ihr so unheimlich, dass sie, ohne nach dem Händler zu schauen, durch die nächste Tür in die Nacht hinaus flüchtete.

Die Luft hatte etwas abgekühlt. Sie wandte ihre Schritte heimwärts und kam dabei langsam wieder zur Besinnung. Es konnte nicht sein, was sie im Dämmerlicht gesehen hatte, gewiss war sie ein Opfer ihrer Empfindlichkeit und ihrer nächtlichen Überreiztheit geworden.

Als sie am nächsten Tag in das Geschäft ging um den PC zu kaufen, beruhigte sie sich vollends. Der Laden war ein ganz normaler Geschäftsraum, keine Sklavin und erst recht kein Stier. Über ihre Einbildungen am Vorabend konnte sie nur den Kopf schütteln. Der Computer aus dem Prospekt war noch erhältlich und sie kaufte ihn mit einigen Features, die gerade im Angebot waren.

Aber auf der Heimfahrt war sie dennoch aufgeregt. Obwohl sie die Erlebnisse vom Vorabend als Fantasterei abtat, war ihr doch, als sei bei der Fertigung dieses Zaubergeräts nicht alles mit rechten Dingen zugegangen. Es blieb ein Gefühl, als habe sie die Gerätschaften auf unsaubere Weise erworben.

# Sieben Lagen Teppich

## Beate

Das Lokal war noch immer voll, das Stimmengewirr übertönte zuweilen die Musik. Sie waren als einzige auf der Tanzfläche verblieben, aber das störte Jana nicht. Die Bühne, eine kleine, runde Fläche, bot sowieso nur Wenigen Platz. Eng umschlungen wiegte Jana sich mit ihrer langjährigen Freundin Beate, mit der sie so viele Interessen verbanden. Jana spürte, wie ihre Brustwarzen fest wurden und sich in Beates weiche Haut eindrückten. Für einige lange Sekunden vergaß sie alles um sich herum. Amüsierte Zurufe jedoch und auch kritische Bemerkungen: „Sind das Lesbische?", riefen ihr schnell wieder die Menschen um sie herum in Erinnerung. Jana hätte in diesem Augenblick nichts gerner getan, als Beate ihre Liebe zu gestehen. Aber sie fürchtete ihre Freundschaft würde in die Brüche gehen, wenn sie auf eine intime Beziehung drängte.

## Die Wahl ist fällig

Am nächsten Tag wurde Jana vors Kuratorium gerufen. Da sie den Grund nicht wusste, ging sie mit Widerstreben hin. Als sie den Saal betrat, erschrak sie. Bei den Mentorinnen saßen drei Männer. Da sie die einzige war, musste sie folgern, dass die Drei ihretwegen bestellt waren. Diese saßen etwas erhöht. Ihr war nur der Mann in der Mitte bekannt, an dessen Sitz die Stöcke lehnten. Es war Hendrik, er war von Geburt an behindert, aber unter seinem blonden Wuschelkopf lachte ein fröhliches Gesicht. Jetzt, da er saß, erkannte man die Behinderung nur an den sich unterschiedlich bewegenden Augen. Die andern beiden Männer machten auf sie einen unerfreulichen Eindruck und sie vermied sie näher anzuschauen.

Als sie sich nun dem Beirat zuwandte, bekam sie zu hören, was sie sogleich befürchtet hatte. „Du sollst dich für einen von ihnen entscheiden!", ließ dieser verlauten. Jana wusste warum. Trotz wiederholter Aufforderung hatte sie es nicht geschafft selbst eine feste Beziehung einzugehen. Nach dem gestrigen Abend wagte sie nicht weiter um Aufschub zu bitten. Sie hatte so nah an ihrem Glück gestanden, aber den entscheidenden Schritt hatte sie trotzdem nicht zu tun vermocht. Deshalb sah sie auch für die Zukunft keine Möglichkeit, Beate ganz für sich zu gewinnen.

Einsichtig trat sie vor Hendrik hin und half ihm beim Aufstehen. Sie reichte ihm die Stöcke und fasste ihn freundlich unterm Arm. Gemeinsam verließen sie den Saal, während die beiden andern Männer mit den Mentorinnen abgingen. Hendrik war sehr glücklich, für ihn war es ein großer Augenblick. Er griff immer wieder nach ihrer Hand und ihrem Arm, während sie ihm beim Gehen half. Er wollte jetzt immer bei ihr sein und bestand darauf sie den

Tag über zu begleiten. Jana hätte seine Forderung lieber zurückgewiesen. Da Hendrik ihr aber anempfohlen war, konnte sie ihn nicht einfach zurück lassen. Sie steckte beruflich in einer schwierigen Situation. Hatte ganz neu eine Baustelle zu betreuen, auf der sie erst einmal gewesen war. Als Hendrik hörte welch schwierige Aufgabe ihr oblag, war er doppelt begierig dabei zu sein.

## Alter Teppich

Es war schon fast Mittag, als sie auf die Baustelle kamen. Die Bauarbeiten waren in vollem Gange. Aber die Stimmung gefiel Jana nicht. Die Arbeitenden schienen gedrückt und die Art, wie man sie abfällig musterte oder erst gar nicht beachtete, machte ihr zu schaffen. Gut, den einen oder anderen mochte Janas Rolle noch nicht bekannt sein. Sie wusste ja selbst nicht genau, wie sie sich hier einzubringen hatte. Und dann war sie wegen dieser Vorladung auch noch so spät gekommen. Ich werde mit anpacken, sagte sie sich. So hatte sie schon früher Sympathie gewonnen und hatte dabei manche Probleme entdeckt, die ihr sonst verborgen geblieben wären.

Von den vielen Arbeiten, die auf dem riesigen, ursprünglich kirchlichen Gelände verrichtet wurden, war die nächstliegende, dass die breiten Stufen hoch zur geisteswissenschaftlichen Fakultät mit neuem Teppich belegt wurden. Alberta, die sie persönlich kannte, wollte Jana zuerst helfen und hoffte sie damit aufzumuntern. Jana kniete nieder und setzte die Klinge an um die überlappenden Stücke aneinander zu fügen. Überrascht stellte sie fest, dass es drei Schichten Teppich waren, die da lose aufeinander lagen.

„Welche Lage soll denn die Bleibende sein?", fragte sie die Arbeiterin, denn sie ging davon aus, dass nur eine Schicht bleiben dürfe. Nebenbei hatte sie gesehen, welch billiges, neuzeitliches Material verwendet wurde.

Alberta stellte sich neben sie. Das Unbehagen war ihr deutlich anzumerken. Auf Janas Frage ging sie nicht ein, sondern sagte in missmutigem Ton: „Es ist egal, wie man sie legt, denn das Problem ist ein anderes." Da Jana nicht begriff, bückte sich die Arbeiterin und hob die drei Schichten hoch und zum Vorschein kam wieder Teppich. Dieser musste viel älter sein, denn er schien gleichsam mit den Stufen verwachsen zu sein.

„Das sind sieben Schichten", sagte Alberta, „aus der indischen Zeit stammend. Man hätte erst diese entfernen sollen". Und sie fügte missmutig hinzu: „So ist alles verkehrt, wie man's auch macht."

„Ja, und warum entfernt sie niemand?", empörte sich Jana, angewidert von dem Filz, der zum Vorschein gekommen war!

Alberta blieb kühl und ließ Jana mit ihrer Aufregung allein. Stoisch arbeitete sie weiter in der gleichen gedrückten Art. Jana spürte, dass eine Erwartung in sie gesetzt wurde, aber sie wusste nicht welche.

Im zweiten Stock des hohen alten Gebäudes hatten die Arbeiterinnen einen Raum zum Vespern und sich Umziehen eingerichtet. Als Jana dort hoch kam, sah sie die übliche Unordnung, die in solchen Räumen herrschte.

Volle Aschenbecher und halbleere Flaschen, an der Wand
entlang lagen Arbeitskleider, Schuhe und Werkzeuge. Nur
der Zeichentisch am Fenster, von dem aus die Vorarbei-
terinnen die Baustelle überblickten, war halbwegs aufge-
räumt. Jana begegnete auch hier den selben gleichgültigen
Blicken. Sie gab sich Mühe gelassen zu bleiben, sagte ein
paar floskelhafte Worte und ging dann wieder hinab.
Sie war erst halb unten, als sie von oben einen zu laut
geratenen Satz aufschnappte, der offensichtlich sie betraf,
und hielt inne. „Die soll sich doch um ihren Behinderten
kümmern, den Schlammassel hier wird sie ja doch nicht
wenden können". Es folgten keine weitere Bemerkungen.
Nun war sie selber in die schlechte Stimmung geraten, in
der sie die Arbeitenden angetroffen hatte. Hendrik musste
ihren Stimmungswandel bemerkt haben, er schaute ihr
besorgt ins Gesicht. Sie führte ihn zum Auto und brachte
ihn dann nach Hause.

### Spiele im Sand

Nach den vielen Vorfällen dieses Tages, wollte Jana
den Abend mit ihrer Clique verbringen. Störend war, dass
man sich da traf, wo auch die Baustelle war. Studenten
kamen üblicherweise, aber auch viele Berufstätige und
Künstlerinnen. Die meisten standen draußen. Wer
drinnen sein wollte, musste in den zweiten Stock hoch
steigen. Dort wurde jeden Abend heftig diskutiert, über
alle möglichen Themen, philosophischer, theologischer
oder anderer Art. Dieses Zimmer lag direkt neben dem
Bauraum, in dem Jana so Unerfreuliches erlebt hatte. Jana

ging nur nach oben, weil eine Freundin den Stoff brachte für eine Hose, die sie gewünscht hatte. Diese breitete das Tuch auf einer Bank aus. Es war etwas dunkel, ein Rot das stark ins Braun ging, aber das störte Jana nicht wirklich. Schlimmer war, wie sehr sie sich im Maß vertan hatten, der Stoff war viel zu lang.

„Aber du hast doch gesagt: ‚bis zum Boden'", rechtfertigte sich die Bekannte.

„Aber doch nicht von hier oben", hielt Jana dagegen. Tatsächlich hätte der Stoff zwei Stockwerke runter bis zum Erdboden gereicht. „Das kommt von dem vielen Geschwätz hier oben", sagte Jana, die ihre Gereiztheit nicht zu verbergen vermochte. Sie empfing dafür feindliche Blicke von den Umsitzenden. Die Näherin war sehr geduldig und nahm neues Maß, dieses Mal ‚bis zu den Füßen'.

Wieder draußen traf Jana auf zwei Frauen. Sie wusste, was gleich kommen würde, Klagen über den Wandel der Menschen. Als ob sich nur alles zum Schlechten verändern würde. Dies dämpfte ihr Bedürfnis nach Geselligkeit.

„Hast du das gehört?", fragte eine, sich vorbeugend. „Das hat mir ein Busfahrer erzählt. Beim Halt auf der Raststätte haben sich gleich mehrere von den zwölf bis vierzehn Jährigen als Paare in die Büsche geschlagen und haben's miteinander getrieben, stell dir vor, zwölf bis vierzehn Jährige!" „Ach, erzähl' doch keine Schauermärchen," entgegnete Jana, die bereute, dem Kontakt nicht ausgewichen zu sein. Als ihr Gegenüber weiter insistierte, drehte es Jana anders herum: „Ist doch besser, als wenn sie's gar nie lernen, wie so viele, oder?" Damit war das

Gespräch beendet.

Jana kauerte sich auf ein hervorspringendes Stück Felsen, das unter dem großen Gebäude hervorragte und war froh, dass die zunehmende Dunkelheit sie abschirmte.

Der Fuß des Felsens reichte bis zum Wasser hinab. Die Abendluft trieb Welle um Welle in die Bucht, sie sah wie die weiße Gischt im Sand versickerte. Laute Rufe und Lachen von Naturwissenschaftlerinnen, die sich da unten sportlich ertüchtigten, drangen zu ihr hoch. Dann wieder vernahm sie nur das Geräusch des Wassers. Jana sah Ruth aus dem Wasser zurückwaten. Ruth, mit der sie viel Sport getrieben und am Gymnasium in einer Bank gesessen hatte. Sie war jetzt eine anerkannte Wissenschaftlerin. Und doch hatte sie sich ihre Unbekümmertheit bewahrt, sie kam oben unbekleidet aus dem Wasser zurück. Jana sah Ruhts weiße Brüste und war überrascht, sie waren noch die gleichen, eher klein und genau so fest wie damals.

Jana wandte sich ab. Ihre Gedanken schweiften zurück zum gestrigen Abend. Sie dachte an ihre Freundin. Nein, sie durfte sich Beate nicht aus dem Kopf schlagen, sie bedeutete ihr alles. Wenn es ihr nicht gelang Beates Liebe zu gewinnen, dann würde sie nie in der Lage sein die neuen Aufgaben zu bewältigen.

# Die geliehene Teekanne

Andrea lag neben einigen anderen auf dem großen Liegeplatz. Ein Geräusch hatte sie geweckt. Jemand war spät noch eingetreten. Im Halbdunkel sah sie den Jungen, den sie schon kannte. Er schwankte. War er betrunken oder war er so müde? Statt sich, wie die anderen, aufs Bett zu legen, hockte er sich auf den Teppich nieder und wippte unruhig vor und zurück. Dann legte er sich sogar auf den Boden, die unruhigen Bewegungen aber gingen weiter. Andrea tat es weh um dieses zarte Geschöpf. Sie fühlte sich zu ihm hingezogen, sie konnte nicht anders, sie musste sich von ihrem wohligen Schlafplatz lösen. So kroch sie, um niemanden zu wecken, so leise wie möglich von der Liege und kauerte sich neben den Jungen und hielt ihn schützend. Darauf hin legten sich die Zuckungen und sein Rumpf bewegte sich gleichmäßiger.

Staubgeruch in der Nase und ein heftiges Stechen in der Seite, das war das erste, was Andrea wahrnahm, als sie aufwachte. Wo war sie? Sie lag am Boden. Durch den Raum webte ein sanftes Licht. Es dauerte eine Weile, bis sie wusste, wie sie in diese unbequeme Lage gekommen war. Es musste draußen schon hell sein, doch die Vorhänge dämpften das Licht und verwoben dieses mit dem Dunkel des Zimmers zu einem vielfältigen Muster. Wo ist er, fragte sie sich erschrocken. Aber dann spürte sie seine Gegenwart hinter ihrem Rücken und drehte sich um. Da saß er, schon wieder in seiner liebsten Haltung, kauernd und wippend. Er schien ihr Aufwachen erwartet zu haben und wie Andrea ihm dann gegenüber saß, glaubte sie einen Satz von ihm zu hören, von ihm, der so selten sprach. „Willst du zu mir nach Hause kommen?" Sie war nicht sicher, ob er diese Frage wirklich gestellt hatte oder ob sie sich die Worte nur eingebildet hatte, weil es schon immer ihr heimliches Begehren gewesen war, einmal mit ihm den Stadtteil aufzusuchen, in dem seine Eltern wohnten. Dort hoffte sie etwas ganz außerhalb ihres Lebensbereiches Liegendes zu entdecken. Sie wusste, dass das Haus auf einem der Hügel über der Stadt lag. Seine Eltern und Verwandten mussten Architekten und Bauleute sein. Es hieß, sie hätten sich dort etwas ganz Außergewöhnliches gebaut. Dass der Junge aus einer exzentrischen Familie stammte, las sie nicht zuletzt aus seiner Lebenshaltung, der jede Geregeltheit abging. Er lebte in einer Achtlosigkeit gegenüber den irdischen Dingen, die so weit ging, dass er sich nicht um sein eigenes Wohlsein und seine Gesundheit kümmerte. Obwohl hier ein weiches Bett stand, legte er sich auf den Boden. Von den andern im Raum waren ein paar aufgestanden, einige schliefen noch oder dösten vor sich hin. Wo würde er jetzt hingehen? Andrea konnte ihre Neugier kaum unterdrücken, aber sie wusste, dass sie keine Fragen stellen durfte. Oft schon hatte sie ihn gefragt: Wo warst du in letzter Zeit? Wo wirst du jetzt hingehen? Aber dann hatte er sie nur still angesehen oder gar sein Gesicht abgewendet. Sie wusste, dass er stets unterwegs war, schon bei den verschiedensten Anlässen hatte sie ihn getroffen. Und Freunde hatten ihr bestätigt, dass er sich praktisch in allen Teilen der Stadt aufhielt. Er hatte auch besondere Gegenstände bei sich, kleine Figuren oder Muscheln, die er manchmal aus seiner Tasche holte und betrachtete, oder in der Hand im Rhythmus seiner fortwährenden Körperbewegungen drehte. Vom Haus seiner Eltern bis zum Stadtteil, in dem Andrea wohnte, musste es alleine schon eine weite Strecke sein.

Sie saßen noch immer am Boden und Andrea konnte sich kaum von diesem feinen, aber für sie nicht ganz fassbaren Gesicht lösen. Ich habe es mir nur eingebildet, dass er gefragt hat, sagte sie zu sich. Selber zu fragen aber wagte sie nicht, weil sie wusste, dass er ganz frei sein wollte und weil sie fürchtete im Haus seiner Eltern zu stören. Doch dann fragte der Junge sie doch und dieses Mal deutlich: „Möchtest du sehen, wo wir wohnen?"

Sie fühlte sich durchschaut und war zugleich so erfreut, dass sie ihn nur ungläubig anstarrte. Es war ihr peinlich ihre Freude so sichtbar zu zeigen. Der Junge gab zu bedenken, dass es sehr weit sei und dass er nicht sagen könne, ob sie Heute oder Morgen oder noch später zurück sein würden. Andrea ging in Gedanken ihre Verpflichtungen durch. Da war nichts, was sie an diesem oder am nächsten Tag notwendig erledigen musste. Die Nachbarin würde sich um die Tiere kümmern. Und selbst wenn es noch einen Tag länger dauerte, würde nichts schief gehen. Also nickte sie zuerst und schüttelte dann den Kopf, auf beide Weisen andeutend, dass sie bereit sei mit zu gehen.

Angesichts der langen Reise spürte Andrea den Wunsch etwas Festes zu sich zu nehmen. Sie ging deshalb voran in den Essensraum. Dort war auf einem langen Tisch das Frühstück gedeckt. Da sie aber bis spät unterwegs gewesen war, hatte sie nicht wirklich Hunger. Doch die Ungewissheit, wann sie das nächste Mal zu essen bekäme, bewog sie trotzdem zuzulangen.

Warum wollte sie überhaupt aus ihrem Stadtteil hinaus? Es kam ihr seltsam vor, sie musste fast lachen über sich selbst, sie, die schon in verschiedenen Berufen tätig gewesen war, die zwei Kinder groß gezogen hatte, und in ihrem Umfeld als verantwortungsvolle und engagierte Person galt, wollte sich von jemandem führen lassen, der wie ein Kind aussah. Sie lebte doch im bevorzugten Teil der Stadt, wo es alles gab, gut bezahlte Arbeit, funktionierende öffentliche Einrichtungen und Unterhaltungen aller Art. Was vermisste sie? War es pure Neugier auf das, was sie noch nicht kannte? - Zum einen hatte sie durch Fahrten in andere Stadtteile einen Eindruck von der Fülle dieser Stadt bekommen. Zum andern war es der Junge, von dem sie wusste, dass er überall und nirgends zu Hause war und den sie begleiten wollte.

Andrea holte den Kaffee weiter unten am Tisch, wo andere frühstückten, und schenkte sich ein zweites Mal ein. Die Tasse des Jungen war noch voll. Er kaute am Brotrand, während das Weiche mit dem Honig noch auf dem Teller lag.

Andrea sah eine schwierige Reise vor sich. Aber es lockte sie auch sehr, etwas mehr von ihrer Stadt zu entdecken, sich durch all die verschiedenen Zonen zu schlagen, die sich an ihren Lebensraum anschlossen und bis in jene besondere Höhenlage vorzudringen.

Ihre Stadt war ein Ort, in dem schon von je her die verschiedensten Kulturen zusammengedrängt lebten. Aber es hatten sich im Laufe der Jahrhunderte auch Zonen herausgebildet, die von einzelnen Kulturen geprägt worden waren. Außer ihrem Stadtteil kannte Andrea aus eigener Erfahrung noch den arabischen Bereich. Wo sich all die anderen Kulturen eingerichtet hatten, ob direkt über der Stadtniederung oder auf einer der Kuppen oder weiter oben an den Hängen der größeren Erhebungen, darüber standen auch in den zahlreichen Stadtführern mehr Behauptungen und Vermutungen als gesicherte Tatsachen. Sie glichen den alten Atlanten, die das Bekannte so groß zeichneten, dass für das weniger Bekannte nur noch am Rande Platz blieb. Bisher hatte keine Verwaltung vermocht diese riesige Stadt bis ins Detail zu vermessen. Ein Hinderungsgrund war bestimmt die immense Größe dieser Stadt, aber auch die Fülle der Probleme, die sich aus einem so dichten Zusammenleben verschiedenster Völker ergaben. In der neuesten Zeit häuften sich die Versuche der Vermesser und Ingenieure in manche bisher weitgehend abgeschlossene Stadtteile vorzudringen. Aber die moderne Erschließung war nicht so leicht, wie man sich dachte. Das jahrhundertelange Zusammenleben hatte sich nicht zuletzt in vielfältigen Gesetzen niedergeschlagen, die die Unabhängigkeit der einzelnen Kulturen absicherten. Selbst die schlagkräftigsten Argumente, wie Egalisierung der Bildung und Förderung der Hygiene, halfen da meist nicht weiter. Seit einige besonders heftige Vorstöße von sogenannten Stadtentwicklungsfirmen sich als bloße Geschäftemacherei entpuppten, war das Image dieser Neuerer rapide gesunken. Das Bestreben, die ganze Stadt in eine einheitlich moderne Zone zu verwandeln, wurde von der Öffentlichkeit zunehmend hinterfragt.

Gleich nach dem Essen brachen sie auf. Auf dieser Fahrt erlebte Andrea eine solch verwirrende Fülle von Eindrücken, dass es ihr nachträglich nicht möglich war den Ablauf der Reise als Ganzes wiederzugeben. Das Verhalten des Jungen war auch so unstet und verworren, dass sie die Route unmöglich hätte rekonstruieren können. Mal ging es sehr schnell, so dass Andrea Mühe hatte ihm zu folgen, dann wieder hatte sie viel Zeit die Umgebung und die Menschen auf sich wirken zu lassen.

So blieb ihr besonders eine indische Straße in Erinnerung. Nach einigem Umsteigen hatten sie zusammen die moderne Stadt verlassen und waren dann noch im Bus einen Hang hoch gefahren. Als es ebener wurde, stiegen sie aus und gingen zu Fuß weiter. Die Intensität der Gerüche war schier unerträglich, aber Buntheit und Fülle wirkten sehr anregend. Andrea wunderte sich, wie sie in kurzer Zeit, ohne in ein Flugzeug zu steigen, eine typisch indische Stadt erreicht hatten. Sie ging mit dem

Jungen zwischen Marktständen, die beidseitig der Straße ausgebreitet waren und freute sich an den neugierigen Gesichtern, die ihr zulachten.

An einem der Marktstände wurde sie überraschend angesprochen. Und plötzlich - sie wusste nicht wie - hatte sie eine Teekanne in der Hand. Der Händler, gut aussehend, in mittleren Jahren, redete verbindlich auf sie ein. Aber sie konnte seine Sprache nicht verstehen. Der Junge bemerkte ihre Hilflosigkeit und vermittelte: „Die Kanne ist für dich, er hat sie für dich bereit gehalten". Andrea war verdutzt. Die Kanne gefiel ihr zwar, doch sie konnte sich nicht erinnern, eine solche bestellt zu haben. Auch wollte sie sich auf der Reise keinen Ballast aufladen. Mehr um Zeit zu gewinnen, fragte sie, was die Kanne denn koste. „Achtundzwanzig Gulden", bekam sie zur Antwort. Auch wenn sie die Währung nicht kannte, ahnte sie schon, dass dies eine Menge Geld bedeutete. Sie wollte sich abwenden und sah deshalb nur flüchtig hin, als der Händler ihr den Verschluss der Kanne zeigte. Der Deckel dieser Kanne war offensichtlich verschließbar. Sie bemerkte, dass er große ovale Perlen bewegte, die sie an Kauri-Muscheln erinnerten, aber wie der Mechanismus genau funktionierte, verstand sie nicht.

Der Händler sprach weiter auf sie ein. Der Junge meinte, sie solle ihm etwas in ihrer eigenen Währung als Anzahlung geben, er vertraue darauf, dass sie das Geforderte zahlen werde, sobald sie den Wert dieser Kanne erkennen werde. Andrea sah, dass sie nicht die Wahl hatte dieses Angebot abzuschlagen. Sie rückte deshalb von ihrem

Geld heraus, was sie glaubte entbehren zu können und nahm die Kanne an sich. Der Händler schien befriedigt. Sie war klug genug sich zu bedanken und sie beteuerte, dass sie auf jeden Fall das Geld besorgen oder die Kanne wiederbringen werde.

Vom indischen Viertel stiegen sie weiter hoch. Je höher sie nun kamen, um so einfacher, aber auch umso wohnlicher wurden das Stadtgebiet. Obwohl das Straßenpflaster ausgetreten war, sah man, dass die Steine einst sehr sorgfältig gelegt worden waren. Den Rand bildeten niedere Mauern, die zum Sitzen einluden. Zwei Häuser, die voneinander abstanden, waren in der Höhe mit einem Steinbogen verbunden. Andrea wunderte sich, dass die alten Kulturen mit viel Mühe die Straßen und Plätze wie einen Innenraum gestaltet hatten. Schließlich stießen sie sogar an ein Tor. Aus den Ornamenten der Tür schloss Andrea, dass hier ein arabischer Stadtbezirk begann.

Sie öffneten die Tür, um auch diesen Abschnitt zu passieren. Andrea staunte nicht wenig, als sie linkerhand Decken ausgebreitet sah. Die Ausbuchtung der Straße wurde hier ganz deutlich als Bettlager genutzt. Dies änderte sich nicht, bis sie zur nächsten Tür hoch stießen. Die Lager waren zwar leer, aber es bestand kein Zweifel, dass sie benutzt wurden. An den Kieselsteinen, die über die Decken zerstreut lagen, erkannte Andrea, dass diese Menschen in einem Kieswerk schwere körperliche Arbeit verrichteten. Die Straße war weitgehend überdacht und dadurch abgedunkelt. Andrea ahnte, dass sie jetzt nahe der höchsten Erhebung waren und sie freute sich darauf von dieser dunklen Stelle auf den Hügel zu kommen, wo sie sich das moderne, von Licht durchflutete Haus der Familie des Jungen dachte. Ein edles Gebäude aus Holz und Glas, filigran, nahezu transparent, das war ihre Vorstellung von der Architektenvilla, die sich anhand verschiedener Abbildungen in ihr geformt hatte. Tief einatmend öffnete sie deshalb die obere Tür, den Rundblick, die Stille erwartend.

Kaum jedoch waren sie durch die Tür getreten, da wurden sie von einer um sich schießenden, vorbeijagenden Truppe zur Seite geworfen. Andrea drückte sich an die Wand des Flurs, um nicht von Schüssen getroffen oder von den Kämpfenden mitgerissen zu werden. Aus allen Richtungen drangen Gruppen von Kämpfenden und hieben und schossen aufeinander ein. Einzelne Gesichter kamen ihr bekannt vor, sie glichen Helden, die sie zu kennen glaubte. Sie sah grimmige Mienen unter bizarren Helmen, wieder auferstandene Krieger in glänzenden Rüstungen, lumpige Freiheitskämpfer mit wehenden Haaren. Es war ihr, als hätten sich die Kampfscharen der Spielfilme befreit und stürzten hier aufeinander los. In einem ruhigeren Augenblick überquerte der Junge die Straße, Andrea hinter ihm her. Immer neue Scharen drangen durch die Gasse. Andrea war ganz mit ihrer eigenen Rettung beschäftigt und der Junge drückte sich genau so hilflos wie sie am Rand der Straße entlang. Dann glitt er ihr voran in ein Zimmer, in dem es aber keinesfalls ruhiger wurde. Sie gerieten bis in die Mitte des Raumes und wurden von der kämpfenden Menge hin und her geworfen. Aber es wurde hier nicht so viel geschossen. In Augenblicken, da Andrea festen Boden unter den Füßen hatte, versuchte sie ausfindig zu machen, warum gekämpft wurde, doch es gelang ihr nicht. Es wuchs in ihr die Empfindung, dass es ein Kämpfen um des Kämpfens willen sei. Im Raum stand ein großer Tisch und sie arbeiteten sich durch bis sie auf der Bank hinter dem Tisch zu sitzen kamen. Doch auch hier waren sie nicht in Sicherheit. Die nächsten Tollen beugten sich über den Tisch und richteten ihre scharfen Geschütze auf sie. Andrea glaubte, es drohe das Ende. Aber irgendwie war es doch mehr Getöse als hartes Durchsetzen, die Bewaffneten wurden abgelenkt, kamen aber sogleich zurück. Immerhin, jetzt setzten sie ihre Kanonen nicht mehr auf Kopf und Brust an, sondern nur noch auf den Rand des Körpers. Andrea hielt ihren Arm hin, sie war auf den Streifschuss gefasst. Wenn sie so davon kommen würde, wollte sie dies bereitwillig ertragen. Der Junge hielt sogar seine Fingerkuppe hin. „Nein", rief Andrea, „der Finger ist viel zu empfindlich!". Er bog kurz den Finger nach unten, richtete ihn aber, gegen ihren Rat, wieder auf und die Pistole zeigte direkt auf die Kuppe. Weil die größte Gefahr vorbei war, fiel Andrea die Teekanne wieder ein. Hatte sie nicht versprochen, diese zurück zu bringen. Sie musste folglich den Weg wieder zurückgehen. Da bemerkte Andrea, rechts übers Eck, ein absonderliches Wesen, das an der Stirnseite des Tisches auf die Bank gerückt war. Es war ein wirkliches Ungeheuer, zu grausig um genauer hin zu schauen. Die Pistolenschützen ließen von ihnen ab und verschwanden. Im Zimmer war es ruhig geworden. Das Monster rührte sich ebenfalls nicht. Der Junge und Andrea entfernten sich behutsam um den Tisch herum. Erst auf Distanz gewahrte Andrea das Monster in seiner ganzen Hässlichkeit. Die riesigen Ohren und ein Teil des Kopfs waren beidseitig mit Haufen von Würmern belebt. Da das unbeschreibliche Wesen sich nicht rührte, hielten sie einen Augenblick inne. Die Würmer in dem Kopf wanden sich spiralförmig. Wunderlicherweise stieg die Abscheu beim Hinsehen nicht, sondern wurde geringer. Schon oft hatte Andrea erlebt, dass der Ekel floh, wenn nur die Ahnung einer Sinnhaltigkeit aufkam. Ohne den Grund zu wissen, war ihr, als stecke eine solche in dem Monster. Daraufhin eilten sie aus dem Zimmer, durchquerten den Flur und stürzten aus diesem obersten Stadtteil durch die Tür abwärts.

Aufatmend standen sie auf den Stufen. Es war dunkel. Da war kaum genug Licht zum Gehen, trotzdem erkannte Andrea die Straße wieder. Es war die der Araber. Sie stellte fest, dass die Liegen diesmal voll waren und erschrak. Ein paar Leute waren aufgewacht und murrten. Es war ihr höchst peinlich, dass sie stören mussten, aber an ein Umkehren war nicht zu denken. Sie tasteten sich abwärts, so leise wie möglich. Aber da geschah etwas sehr Ungelegenes, die Teekanne in Andreas Hand begann plötzlich Lichter auszusprühen. Andrea wusste nicht wie, aber es stoben Hunderte leuchtender Sterne aus dieser heraus. Und nicht genug, nun fing die Kanne auch noch zu singen an, es waren zauberhafte Lieder. In jedem anderen Augenblick hätte sie sich bestimmt über dieses Wunder gefreut, aber nicht in diesem. Am liebsten hätte sie die Kanne von sich geworfen und damit zum Verstummen gebracht. Aber die Teekanne war ja nur geliehen. Sie eilte über die Stufen abwärts, um so schnell wie möglich die Straße mit den Liegenden hinter sich zu lassen.

Als sie aus dieser Passage heraus waren, spürte Andrea erst ihre Erschöpfung. Sie lehnte sich an eine Mauer und ließ sich auf einen Vorsprung nieder. Auch der Junge hielt an. Er kauerte sich an den Rand und wippte wieder in seinen üblichen Bewegungen, ließ aber keine Ungeduld erkennen. „Jetzt schau dir dieses Wunderding an!", brach es aus Andrea heraus, nachdem sie sich etwas erholt hatte. „Hast du das gewusst?", fragte sie ihn, die Kanne hochhaltend. Der Junge aber zeigte keine Regung. Sie hatte eine Antwort erwartet, wie: „Siehst du, endlich erkennst du, was diese Kanne wert ist." Und sie befürchtete auch, dass er ihr zum Kauf riet. Aber er hatte nicht geantwortet, nicht mal das Gesicht verzogen.

So sprach sie zu sich selber: „Ich wusste ja, bis vor kurzem nichts von den verborgenen Eigenschaften dieser Kanne!" Und sie ließ ihn antworten: „So einen Gegenstand muss man hüten, man darf ihn nicht einfach zurückgeben!"

Und sie entgegnete richtig aufgebracht: „Wie vielleicht? Wie sollte ich 28 Gulden aufbringen? Was sind Gulden überhaupt? Soll ich vielleicht die weiteren Jahre nur dafür arbeiten?"

Darauf ließ sie den Jungen beharren: „Ich finde, du solltest sie behalten".

Störrisch wie ein altkluges Kind, dachte sie und schaute zu dem Jungen hin. Der aber verweilte noch immer in der gleichen Haltung und drehte wieder einen seiner Gegenstände in der Hand. Sie wandte ihre Augen ab, damit er nicht sah, was sie ihm zudachte und dass er die Gefühle nicht spürte, die der Dialog in ihr anheizte.

Sie wehrte sich weiter: „Es ist nicht möglich!"

Und ließ ihn entgegnen: „Frag den Händler, ich bin sicher, es wird eine Lösung geben. Hat er sie dir nicht schon mitgegeben, ganz in die Zukunft vertrauend?"

„Wie soll ich ihn fragen, wo ich doch seine Sprache gar nicht spreche?", hielt sie nun entgegen, erfreut, ein schlagendes Argument gefunden zu haben.

„Lerne sie!", ließ sie den Jungen, kurz und knapp antworten.

Hier stockte das Selbstgespräch, sie wusste nicht weiter. Eine Sprache lernen, von der sie nicht mal wusste wie sie hieß. Welche Sprache hatten die Inder? Gab es auf diesem Kontinent nicht unzählige Sprachen? Da war doch auch noch so eine ganz alte Sprache, eine Art Ursprache. Sie sah fremdartige unleserliche Zeichen vor sich und es wurde ihr ganz schwindelig.

Vor ein paar Stunden oder einem Tag – die Zeit war ihr gleichgültig geworden - waren sie hier oder an einem ähnlichen Ort vorbei gekommen. Es fielen ihr jetzt die Erwartungen ein, die sie an das Haus des Jungen gehabt hatte. Ein kalter Schauer durchfuhr sie dabei. Sie wusste nicht, was sie mehr getroffen hatte, die Gefahren, denen sie nur durch Glück entronnen war oder die Tatsache, dass sich ihre früheren Vorstellungen als so hohl und nichtssagend erwiesen hatten. Den Jungen aber schätzte sie jetzt noch mehr. Seine Unnahbarkeit, mit der sie sich davor so schwer getan hatte, kam ihr nun plötzlich wie selbstverständlich vor. Er hatte ihr dort oben zwar auch nicht helfen können, er war genau wie sie dem tollen Treiben ausgeliefert gewesen. Jemand anders hätte ihm vielleicht sogar Vorwürfe gemacht, da er ja von den unheilvollen Zuständen im Voraus gewusst und sie nicht gewarnt hatte. Die Erfahrungen, die sie dort gemacht hatte, waren ihr aber bereits so teuer geworden, dass sie diesen Gedanken sogleich verwarf. Dass sie ohne Schaden davon gekommen war, hatte vielleicht doch etwas mit ihm zu tun. Und schließlich brauchte sie den Jungen um den Stand des Inders wieder zu finden. Sie musste ja die Teekanne zurückbringen oder musste bezahlen, was aber nicht möglich war.

Da sprang sie von ihrem steinernen Sessel auf und hatte es plötzlich eilig. Sie wünschte in den vertrauten Teil der Stadt zurück zu kehren und es schien ihr, als sei sie schon viel zu lange von zu Hause weg. Sie sehnte sich in diesem Augenblick nach ihren kleinen und größeren Aufgaben, den täglichen Verrichtungen, die einem das gute Gefühl gaben etwas Nützliches getan zu haben. Auch der Junge stand auf.

Sie hatten noch mehrere fremde Stadtteile zu durchqueren bis sie zu der indischen Marktstraße zurückfanden. Es war aber gerade kein Markt. Gut, dass der Händler direkt hinter dem Stand wohnte. Der Junge ging durch den Vorhang in das Haus des Händlers und trat kurze Zeit darauf mit ihm heraus. Andrea hatte sich ihre Punkte genau zurecht gelegt: Sie halte die Kanne für sehr wertvoll, aber leider fehle ihr das Geld und die Zeit viel zu lernen hätte sie leider auch nicht... Doch sie gewahrte, dass beide, der Händler und der Junge, trotz ihrer Argumente das Gegenteil von ihr erwarteten. Dabei spürte sie, wie ihr Vorsatz gleichsam dahinschmolz. Eine Sekunde lang dachte sie: Gebt sie mir doch, es ist nicht mein Problem, dass ich nicht bezahlen kann. Aber ihr war klar, an diese geheimnisvolle Gefäß waren Bedingungen geknüpft, ob sie eine Sprache lerne oder nicht, sie würde auf jeden Fall durch diese Kanne herausgefordert werden. Von Geld war plötzlich keine Rede mehr. Schließlich stammelte Andrea etwas, wie: „Ich will's versuchen, ich tue mein Bestes." Der Händler schien zufrieden, so als hätte er lange vergeblich nach einer Halterin für dieses geheimnisvolle Gefäß gesucht. Sicher schätzte er sie wegen ihrem Begleiter falsch ein, dachte Andrea. Oh, wenn er wüsste, wie gewöhnlich sie war und wie wenig sie über ihre kleinen Pflichten hinaus vermochte. Sie war so verlegen, dass sie sich, mit der Teekanne im Arm, beim Abschied unwillkürlich verbeugte.

Vom indischen Viertel fuhren Busse hinunter in die neue Stadt, in der Andrea wohnte. Beim zweiten oder dritten Mal Umsteigen war der Junge plötzlich verschwunden. So hatte er es auch die früheren Male getan, wenn sie zusammen in der modernen Stadt unterwegs waren. Anfangs hatte sie versucht ihm zu folgen, aber vergeblich. Diesmal machte sie keine solchen Anstalten. Umso heftiger empfand sie die Trennung. Sie spürte ein Krampfen in der Brust, als hätte sie gerade ihr eigenes Kind verloren. Doch dann kam die Station, an der sie aussteigen musste. Sie war lange weg gewesen und würde viel nachzuholen haben. Zu Hause angekommen war ihr jede einzelne Verpflichtung willkommen. Sie empfand sie als Schutz gegen all das Ungewöhnliche, das mit dieser Reise auf sie zugekommen war. Beim Anblick der Teekanne jedoch wurden die Stationen der Reise wieder lebendig. Die Kanne hatte eine starke Ausstrahlung, sie wirkte wie ein Anwalt jener Welt, die sie mit dem Jungen durchstreift hatte. Das Gefäß vertrieb die Gewöhnlichkeiten aus dem Bereich, den sie ihm in der Wohnung zugewiesen hatte. Die Folge war, dass Andrea sich häufig dabei ertappte, wie sie sich mit der Teekanne beschäftigte und vieles andere auf die Seite schob.

# Brechts Waage

„Du kennst doch diesen Film, ‚Dreams', das Vermächtnis eines japanischen Regisseurs, in dem er die überraschendsten Erfahrungen seines Lebens festhielt?", fragte Bijla, zu ihrer Freundin vorgebeugt.

„Ja, warte", gab Inez zur Antwort, während sie die Zeitschrift auf den Stapel zurückwarf, „ein paar Bilder haben sich mir eingeprägt. Der Schneesturm im Gebirge zum Beispiel oder die Panik der Leute, als sie den Atompilz sehen. Welche Szene meinst du?"

„Die mit Van Gogh!"

„Als er ihm folgt und ihm was mitteilen will?"

„Genau", bestätigte Bijla, „er geht als Schüler mit Malerausrüstung unter dem Arm. Und die Landschaften, durch die er schreitet, sind die Bilder Van Goghs."

„Ja, super gemacht!", sagte Inez.

„Wie er verzweifelt den Künstler sucht und ihm unbedingt was sagen will."

„Was hat er eigentlich Van Gogh gesagt?", überlegte Inez, „als er ihn schließlich traf."

„Er schrie ihm zu, dass er sich mäßigen solle", antwortete Bijla, „aber der Künstler verstand ihn nicht."

„Weil er sich das Ohr abgeschnitten hatte", mutmaßte Inez.

„Nein, eines hatte er ja noch", wandte Bijla ein, „der Malende verstand ihn nicht, wegen der Lokomotive, sie übertönte alles."

„Stimmt, die Lokomotive", bejahte Inez.

„Aber der japanische Schüler verstand, warum Van Gogh sich nicht mäßigen konnte", behauptete Bijla und fügte die Begründung an: „Eine Lokomotive folgt anderen Gesetzen, das muss ihm dabei deutlich geworden sein."

Inez schien sie verstanden zu haben. Dies ermutigte Bijla von einer eigenen Erfahrung zu sprechen. Sie lehnte sich zurück und beobachtete ihre Freundin, während sie wie beiläufig sagte: „Ich habe mal etwas ähnlich Überraschendes erlebt."

„Wirklich, Wo?"

Diese Reaktion schien echt. Also fuhr Bijla fort: „Ich bin auf einem Damm oder Hügel gegangen und ich wusste, dieser Hügel heißt Dreigroschenoper."

„Wie? Nach Brecht?", fragte Inez erstaunt.

„Genau. Nicht Leidenberg, auch nicht Lindenberg sondern ‚Dreigroschenoper'", sagte Bijla lapidar.

„Komisch, dass man Straßen und Plätze nach Dichtern benennt, ist mir bekannt, aber einen Hügelzug und sogar nach einem Drama …", bemerkte Inez mit Erstaunen in der Stimme.

„Ich zweifelte weder daran, dass es diesen Hügel gab – denn ich ging ja darauf – noch hinterfragte ich den Namen", sagte Bijla und fuhr fort: „Ich fragte mich vielmehr, ob es gut sei, einen solchen Hügel aufgeworfen zu haben."

Sie lehnte sich wieder zurück und sagte dann, als müsste sie sich entschuldigen: „Ich habe als Jugendliche gerne Abenteuerbücher gelesen, am liebsten geschichtlich bezeugte. Einer der Helden, von denen ich las, war ein großer Mongolenkrieger."

Inez schüttelte den Kopf: „Ich habe allenfalls im Geschichtsunterricht von ihm gehört."

„Es war eine Marotte von mir", lächelte Bijla und holte weiter aus: „Es wird berichtet, dass der große Krieger - am Ende nachdenklich geworden - einen Meister in den Bergen aufsuchte und fragte, ob es gut sei, was er bewirkt habe. Dieser soll ihm geantwortet haben: ‚Du hast eine weitere Welle aufgeworfen. Das ist alles, was du getan hast'. – An so eine Welle dachte ich, als ich über den Hügel schritt." Bijla fuhr mit gedämpfter Stimme fort, als fürchte sie, dass jemand mithörte: „Dann kam ich bei Sandplatten vom Dreigroschenhügel herunter und wen sah ich da: den Künstler selbst."

Da Inez die Augen nicht verdrehte sondern gebannt zuhörte, fuhr sie fort: „Und wie's von ihm heißt: diskutierend und disputierend in einer Gruppe von Menschen, unter ihnen, stumm, auch meine frühere Deutschlehrerin." Sie hielt kurz inne und sagte dann weiter: „Brecht wandte sich mir freundlich zu, sich meiner Frage, ob es gut sei eine so hohe Welle zu werfen, offen stellend. Er ließ mir mit der Antwort Zeit. Ich schaute zurück auf den Damm, überlegte. Dann hörte ich mich sagen: „Nein, es ist gut so. Ja, wirklich, oberirdisch ist besser."

Noch immer zu ihrer Gesprächspartnerin vorgebeugt, sagte Bijla: „Das Sonderbare dabei war, dass ich – als der Bann dieser Begegnung sich löste – nicht wusste, warum ich diese Antwort gegeben hatte. Ich hatte sie schlafwandlerisch gegeben. Ich musste deshalb zurückkehren und mühsam meine Antwort erforschen."

Sie hielt einen Augenblick inne. Da Inez auf eine Fortsetzung wartete, berichtete sie: „Dabei geriet ich in ein System von unterirdischen Gängen zurück. Tatsächlich war ich, bevor es mich auf den Dreigroschenhügel verschlug, durch unterirdische Gänge gepirscht. Eine weitere Leidenschaft von mir, Höhlengänge zu erkunden. Das kann wohl jemand, der nicht introvertiert ist, nur schwer verstehen", bemerkte Bijla in fragendem Ton.

Inez jedoch stieß sich an etwas anderem: „Dass Labyrinthe erforschen Spaß macht", sagte sie, „kann ich nachempfinden, aber ich verstehe nicht, wie du von der Höhle auf Brecht kommst?"

„Was würdest du von Brecht sagen?, fragte Bijla und ihre Stimme hatte etwas Herausforderndes: „Ist er introvertiert oder nicht?"

„Natürlich nicht!", antwortete Inez bestimmt, „er gilt ja als Inbegriff des nicht introvertierten Dichters. Er, der jede Gefühlsduselei verwarf."

„Genau, aber ich hatte eben zu jener Zeit entdeckt", konterte Bijla, „dass Brecht auf jeden Fall ein introvertierter Mensch war."

„Du machst wohl Scherze!", empörte sich Inez.

„Nein, ich halte ihn sogar für einen introvertierten Dichter", sagte Bijla trocken.

„Jetzt hör aber auf!", brach es aus Inez heraus, „Willst du an den Grundpfeilern des modernen Literaturverständnisses rütteln!"

Bijla sprach leise und eindringlich: „Komm auf den Hügel, lass dir die Stationen zeigen, denen entlang ich gegangen bin, und du wirst sehen, das ist innere Erfahrung, die sich so äußerlich liest."

„Das kann ich nicht glauben!", wehrte Inez ab. „Was ist das überhaupt, ‚innere Erfahrung'."

Bijla fuhr hartnäckig fort: „Dann schau näher hin und du wirst sehen, Mackie Messer steht für Brecht, wenn er fragt: ‚Wisst ihr denn überhaupt, was das ist: ein Mensch?', auch wenn er mit seinen Zuarbeitern, den Ganoven, über Fragen des Stils streitet. Ebenso entspricht Peachum der Bettlerkönig Brecht, wenn er sich den Kopf darüber zerbricht, wie man die Menschen noch rühren könnte. Da siehst du nicht nur die Parallele zwischen Gangsterwelt und Bürgerwelt, sondern es tut sich noch eine dritte Ebene auf, die Innenwelt des Dichters."

Inez hatte den Kopf abgewandt und sagte ungläubig: „Glaubst du wirklich, dass Brecht sich so verstellen musste. Warum hätte er es nötig gehabt sich hinter solchen Masken zu verbergen?"

„Das war es, womit ich haderte", sagte Bijla, „ob es gut sei, seine innere Empfindsamkeit so weit zu tarnen," und sie schwenkte dann um: „Aber zur Höhle zurück …,,

„Ja", sagte Inez erleichtert, der das veränderte Bild ihres Dichters nicht gefiel.

„Wir gingen einen langen Gang entlang", berichtete Bijla, „aber plötzlich schauderte mich, trotz meiner Passion für unterirdische Gänge". Sie griff, unwillkürlich nach der Jacke, die über der Lehne hing. „Vorne waren Unterkünfte, die die Soldaten im Krieg benutzt hatten, da überkam mich eine unerklärliche Angst, dass die Soldaten wiederkehren würden. Diese Erfahrung hatte die Antwort, die ich Brecht gab, mitbestimmt."

Da Inez ihr genau zuhörte, ging sie weiter: „Der Dichter, sagte ich mir, hatte aus dem Krieg Konsequenzen gezogen: Was nützt die ganze Schöngeisterei, musste er sich gesagt haben, wenn nachher eine ganze Nation in den Krieg rennt und die Innerlichkeit nur nutzt, um sich zwischen den Gefechten in den Schutzraum zu flüchten." Sie hielt eine Weile inne und fuhr dann fort: „Aus diesen Überlegungen sagte ich ja zu seinem Auswurf, dem Dreigroschenhügel. Ich konnte ihm unter diesen Gesichtspunkten auch verzeihen, dass er die Dichtung der Klassik als Schöngeisterei abgetan hatte, obwohl er ihre zentralen Vertreter eigentlich bewundert hatte."

„Hm, unglaublich…", sagte Inez nur.

„Übrigens war die Begegnung mit der Gutheißung des Hügelzugs noch nicht zu Ende", ließ Bijla verlauten, prüfend, ob ihre Freundin noch zuhören mochte.

„Wirklich, war da noch was?", fragte Inez interessiert.

„Brecht schaute mich weiter an", setzte Bijla fort, „fragend, ob es auch wirklich meine Meinung sei oder ob ich sonst noch irgendwelche Einwände hätte. – Dabei konnte ich ihn gründlich studieren." Sie drehte den Kopf, wie um den Künstler zu sehen. „Er sah sehr markig aus, alles andere als schön. Die Zähne offen zeigend, sie waren, obwohl voller Metall, nur noch Stummel. Die Stirn schien auch durch Arbeit dünn geworden. Aber das alles war unwichtig, gemessen an der Lebendigkeit, die er ausstrahlte. Ich dachte bei mir, dieser Mensch hat sich zum puren Arbeitswerkzeug gemacht." Sie fühlte sich durch ein Nicken von Inez bestärkt: „Dann fiel Brecht noch eine letzte Prüfung ein: die Waage."

„Eine Waage?" reagierte Inez verdutzt.

„Ja, eine Waage", bestätigte Bijla. „Er wies seine Begleiter an, sie herzuschaffen. Daraufhin wurde ein sehr ausgefallenes Werkzeug vorgebracht. Man sah zwar, dass es von früher stammte, aber in der damaligen Zeit war es selten hoch entwickelt." Sie hielt einen Augenblick inne, um sich alles genau zu vergegenwärtigen: „Mir fiel auf, dass das Gerät exakt so hoch war, wie die Personen, die es herbei schafften und dass es - obwohl kompakt - aus drei Teilen bestand, die sich unabhängig voneinander bewegten. Die Waage als Ganzes schien autonom zu arbeiten.

Da Inez kein Wort hervorbrachte, fuhr Bijla fort: „Ich war sehr erstaunt: moderne Hightech-Geräte sind weit entfernt etwas ähnliches zu leisten."

Inez sagte noch immer nichts und so fügte Bijla hinzu: „Die Frage, die noch offen stand, war, ob die Waage richtig geeicht sei. Der Künstler vollzog die Prüfung, indem er ganz genau hinhörte." Bijla hielt das eine Ohr in die Richtung, in der sie vorher mit Gesten die Waage beschrieben hatte. „Tatsächlich, die Waage sang, beziehungsweise tönte, also war sie in Ordnung."

„Und dann? Was war dann?", wollte Inez wissen. Bijla hatte sich zurückgelehnt und hob die Schultern: „Das war's."

„Wunderlich, sehr wunderlich", sagte Inez betroffen.

# Engel und Schlange

Mit dem Bus gelangte Solveig zum Ausgangspunkt ihrer Wanderung. Der Weg führte über eine weite Hochfläche zu einer traditionsreichen Stadt hin. Sie war die Strecke schon öfter gegangen. Dieses Mal allerdings war sie gewarnt worden, der Durchgang zu der Stadt, die auch für die Lauterquelle, den Ursprung eines schönen Tales, bekannt war, sei durch schwere Unwetter unterbrochen worden. Solveig verspürte einen heimlichen Drang die Auswirkung der Umweltkatastrophe zu erfahren, von der so viel die Rede war und ließ sich nicht von ihrem Vorhaben abbringen.

Die Wanderin liebte das bunte Bild aus Feldern, die wie ein Patchwork die Hochebene bedeckten. Die Pflanzbeete waren von fleißigen Heimgärtnern belebt, die ihre Beschäftigung sehr ernst nahmen. Über die Zäune hinweg war es häufig zu kurzen Gesprächen gekommen. „Woher kommst du?", war sie gefragt worden und, „Wo geht es hin?" Worauf hin sie sich über den Zustand der Gärten erkundigt hatte. Dieses Mal mischten sich Klagen über die Schäden, die der Sturm angerichtet hatte, in die Gespräche. Dabei drang die Sorge durch, dass es noch schlimmer kommen könne.

Wie Solveig nun abwärts auf die Stadt zu ging, trat zu Tage, was Unwetter und Erdbeben angerichtet hatten. Die untere Hälfte des Landes war abgesunken und dazwischen klafften tiefe Risse. In der Senke vor der Stadt sah sie Menschen sich abmühen, die Gräben, die die Flut ausgespült hatte, wieder einzuebnen.

Solveig geriet nun an die mittelalterliche Stadtmauer, die unter der Katastrophe sichtbar gelitten hatte. Hier herrschte große Aufregung und Geschäftigkeit. Es sei kein Durchkommen, rief man ihr entgegen. Als Solveig dennoch näher trat, entstand Unmut gegen sie, das Getuschel wurde zum Schimpfen und Drohen. Waren es nicht die gleichen Leute, die sie früher in den Gärten gesehen hatte, fragte sie sich. Es war deutlich zu spüren, dass diese Menschen nach Schuldigen für das Unglück suchten. Solveig wollte sich aber trotz der Gefahr, die von den Leuten ausging, nicht abhalten lassen, das Tor zu passieren. Sie musste erfahren, ob die Mauer in ihrer Substanz gefährdet sei oder ob der Schaden nur äußerlich war. Die Stimmen der Aufgebrachten wurden noch bedrohlicher. „Besserwisserin", wurde gerufen, „Austilgen", drohte gar einer mit der Faust. Das war ihr dann doch zu viel, war sie jetzt verantwortlich dafür, dass die alten Mauern dem Unwetter nicht Stand gehalten hatten? Es kommt wieder die Zeit, wo man mit allem rechnen muss, durchfuhr es sie. Solveigs Wissensdrang war so stark, dass sie sich über die Angriffe auf ihre Person hinwegsetzte und die Aufmerksamkeit ganz auf die Klärung ihrer Frage richtete. Sie trat durch den Bogen und prüfte den Zustand der Mauer von der Innenseite. Der Schaden war groß. Tiefe Risse klafften im Mauerwerk. Beim Hochschauen aber machte sie eine besondere Entdeckung. Sie wurde eines Gegenstands gewahr, der durch die Erschütterung bloßgelegt worden war. Solveig musste auf den Mauervorsprung steigen, um den Gegenstand betrachten zu können. Sie staunte nicht wenig, als sie eine große, kunstvolle Plastik entdeckte, die bis zum Erdbeben offensichtlich in der Mauer gesteckt hatte. Diese musste noch aus dem frühen Mittelalter stammen. Von nah besehen, bestand die Plastik sogar aus zwei Figuren, einem Engel und einer Schlange, die ineinander verschlungen waren. Wie sie bemerkte, hatte das Ende der Schlange bis weit in die Mauer hinunter gereicht und war dort um einen Haken geschlungen gewesen. Die Plastik hatte eine wichtige Funktion ausgeübt, sie hatte das Tor und die Mauer verbunden. Jetzt aber war sie heraus gebrochen.

Solveig hütete sich den feindseligen Leuten ihre Entdeckung zu verraten. Im Weitergehen überlegte sie, ob sie den Fund dem städtischen Konservatorium melden solle. Fürchtete aber dann, der Kunstgegenstand würde in einem Museum verschwinden, ohne weiter beachtet zu werden. Sie spürte einen starken Drang diese Plastik vielen Menschen zugänglich zu machen, damit man sich noch ein mal ihre Funktion vergegenwärtige und sich bewusst sei, dass sie diese jetzt nicht mehr erfülle.

Drüben an der Mauer sah sie die altertümlichen Häuser, die eng an die mittelalterliche Mauer gelehnt waren. Früher war sie ob den putzigen Fenstern und schmalen

Türen in Entzücken ausgebrochen. Jetzt stellte sie nüchtern fest, dass diese offenbar keinen Schaden genommen hatten. Die Erfahrungen am Tor hatten ihr die Begeisterung für die Idylle genommen.

Sie atmete auf, als sie die öffentliche Bahnstation erreichte. Noch nie zuvor hatte sie deren moderne Ausstattung als so wohltuend empfunden und sie freute sich über die gute Zugverbindung, die sie von dort an ihren Wohnplatz zurückführte.

# Marie Luise

„Kann Ahnung so deutlich werden, dass sie das Wahrgenommene als lebendig erfahren lässt?" Diese Frage pflegte Joana Freunden und Bekannten zu stellen. Und weil die Antwort nur in Schulterheben bestand, antwortete sie jeweils selbst, – mit ja. Auf die zwangsläufige Reaktion: Wie sie dies belegen wolle? wies sie auf ihr Büchlein und sagte: „Lies diese Geschichten."

Als ich mit dieser Eigenheit von ihr das erste Mal konfrontiert wurde, kam mir spontan die Frage: Ist es nicht ein rückgewandtes Verhalten, sich Ahnungen zuzuwenden, – vergleichbar jener Meinung, man müsse nur weit genug in der Menschheitsgeschichte zurück gehen, so stoße man irgendwann auf die ursprüngliche und bleibende Wahrheit?

Aber Joana schüttelte energisch den Kopf und sagte: „Ahnen ist, wie Denken, eine menschliche Fähigkeit und was Ahnen zu Tage fördert, ist ebenso gegenwärtig, wie das, was wir wissend erkennen."

Dass Ahnen zuweilen weiter in die Vergangenheit reiche, dass womöglich Dinge zu Tage träten, die wir nicht oder nicht mehr wissen, habe damit zu tun, dass das Spektrum des Ahnens größer sein könne, als das des

Wissens. Das betreffe aber nicht nur die Vergangenheit sondern auch die Zukunft.

Ein Argument, das sie immer wieder vorbrachte, war: „Ahnen hat eine höhere Tragfähigkeit als Wissen." Im Gegensatz zum punktuellen Wissen sei das Ahnen eher als flächig zu bezeichnen. Sie fügte aber gleich hinzu, dass ja für viele Bereiche des Alltags das Wissen durchaus einen geschlossenen Untergrund habe und dort auch geeigneter sei. Aber, meinte sie, sowohl in persönlichen Belangen, wie im gesellschaftlichen Bereich gäbe es komplexe Fragen für die das Ahnen unerlässlich sei.

Sie hatte sich eine eigene Theorie zurecht gelegt, die sie akribisch formulieren konnte: „Was wir am Tag als Ahnen im Hintergrund des Wissens erkennen, wird im Schlaf zur primären geistigen Aktivität. Diese geistige Tätigkeit schlägt sich im Traum – einer Art Protokoll – nieder. Der Traum ist der wichtigste Ausdruck des Ahnens." Dieser letzte Satz war wohl der häufigste Ausspruch, den ich von ihr zu hören bekam. Entsprechend eingehend widmete sie sich den Träumen, die sie Protokolle nannte. Sie pflegte die vierundzwanzig Stunden eines Tages in ziemlich ungewöhnlicher Weise aufzuteilen. Während üblicherweise die Träume kleingeredet werden, widmete sie ein Drittel oder mehr ihrer Zeit diesen Protokollen.

Wie konnte Joana zu einer solch anders gearteten Lebenseinstellung kommen? fragte ich mich und drang in sie und ließ nicht locker, bis ich ein paar wenige Auskünfte erhielt, wie es gekommen war, dass Ahnen für sie so wichtig wurde.

Der Wechsel von einem Land ins andere habe den Anstoß gegeben und die damit verbundene, deutliche Trennung von der Lebensphase davor, verriet Joana. An den Aufzeichnungen des früheren Lebensabschnittes sei ihr der Unterschied zwischen Wissensaufzeichnungen und Traumnotizen deutlich geworden. Sie habe sich viel stärker zu den festgehaltenen Ahnungen hingezogen gefühlt. Diese hatten die ganze Stimmung von damals wieder wachgerufen, wogegen sie das Wiederlesen der gedanklichen Aufzeichnungen langweilte. Mit dieser Erfahrung war ihr Interesse für die Träume, als Protokolle der Ahnungen, erwacht. Bei der zunehmenden Beschäftigung mit diesen wurde ihr deutlich, dass sie – in verschlüsselter Sprache - Antworten auf tiefgehende Fragen bekam.

Diese erste Erwärmung für die Welt der Ahnungen wäre wahrscheinlich durch die Mühe sich in diesem schwierigen Gelände zu bewegen gleich wieder abgekühlt worden. Wenn sie nicht auf eine Frau gestoßen wäre, die ihr den Zugang zu den Protokollinhalten ungemein erleichterte. Die Buchbeschreibung: ,Als ich blind wurde, lernte ich sehen', hatte sie auf diese Autorin und Persönlichkeit aufmerksam gemacht. Es folgten viele Telefongespräche mit dieser Frau, die Joana im Umgang mit den Ahnungen beträchtlich schulten. Dabei entdeckte sie das Ahnen als erweiterte über das Wissen hinaus reichende Wahrnehmung.

Im Regal bei ihr zu Hause zeigte mir Joana ein Foto, auf dem ich eine temperamentvolle Frau von etwa sechzig

Jahren sah. Joana hatte sie nur ein Mal getroffen. Aber durch den langjährigen Austausch sei sie ihr sehr verbunden, auch jetzt noch, über ihren Tod hinaus.

Im weiteren Gespräch entfuhr Joana eine Bemerkung, die mich sehr überraschte: „In der Vertiefung unseres Daseins, in die das Ahnen führt, zeigt sich eine andere Welt, die von unserem Alltag nicht zu trennen ist." Diese Erfahrung habe ihr geholfen Verständnisschwierigkeiten zu überwinden und mehr Gespür für viele Bereiche des Lebens zu gewinnen.

Ich erinnere mich an eines der Gespräche mit Joana. Wir saßen in einer Gartenwirtschaft. Nicht weit von uns, etwas erhöht, hockten drei Personen, von denen bekannt war, dass sie biologische Produkte anbauten. Jede von ihnen hatte ein Stück Brot in der Hand. Als ich Joana bat, mehr von sich zu erzählen, fragte sie skeptisch: „Willst du wirklich all das wissen?" Sie wies auf die drei Personen, die ihre Schnitte Brot kauten. „Das wird so trocken werden, wie dieses Brot." Ich aber verspürte großen Appetit auf das kräftige, selbstgebackene Brot und sagte ihr dies. Da war sie bereit fort zu fahren.

Sie habe aus der Welt der Ahnungen sehr viel empfangen, sagte Joana, und es sei ihr dabei nicht ganz wohl gewesen, denn oft schon habe sie erfahren, dass es nicht stimmig sei, wenn man nur gibt und nicht nimmt und umgekehrt. Da sie keine Vorstellung gehabt habe, wie sie dieser Welt etwas geben könne, habe sie versucht, wenigstens die Erfahrung mit den Traumprotokollen an andere weiter zu geben. Sie habe allen Bekannten, die nur halbwegs offen waren, empfohlen, sich ebenso intensiv um ihre Ahnungen zu kümmern. Als sie aber sah, dass sie den andern mit ihrer Euphorie keine Hilfe leistete, hatte sie allmählich wieder davon gelassen. Die Freunde waren auf ihre Weise ins Leben eingespannt. Daran wurde ihr erst klar, wie sehr sie ihr Leben auf die Beschäftigung mit den Protokollen ausgerichtet hatte und dadurch auch von anderen Aufgaben abgehalten wurde. Ihr wurde nach und nach deutlich, dass sie diese Sache zum Beruf machen musste, wenn sie im Ahnen eine Sicherheit gewinnen wollte, die dem Denken entfernt verwandt war. Für sie war klar, dass es dabei ums Schreiben ging.

Die Einsicht, dass zum verstärkten Ahnen das Schreiben gehöre, habe sie in große Schwierigkeiten geführt. Diese im Auge, lachte sie und sagte: „Jetzt, Jahre später, scheint mir ganz natürlich, Schreiben heißt für mich, festzuhalten, was ich ahnend erfahre. Die Inhalte soweit in Worte fassen, dass daraus Geschichten entstehen." Man werde ihr nicht glauben, wie lange sie gebraucht habe, um zu diesem Ansatz zu gelangen.

Als sie dann endlich den Mut fand zu schreiben, ließ sie sich von ihren Interessen leiten: Die Darstellung kulturgeschichtlicher Prozesse und die Veranschaulichung der Wissenschaften einerseits, die Behandlung sozialer Probleme, aus dem Ungleichgewicht zwischen Norden und Süden resultierend, andererseits, und so weiter. Die Entwürfe blieben in Joanas Wissensfeld gefangen und drangen nicht bis zum Ahnungshaften vor. Entsprechend wurden diese ernst gemeinten Anstrengungen von der ahnenden Seite quittiert. Erdachtes Zeug, Kopfgeburten, zusammenhanglose Gespinste, so musste sie die bildhaften Antworten lesen. Das war niederdrückend für sie, die viel auf ihren aufgeklärten Idealismus hielt und glaubte, was interessant sei, müsse immer auch Bedeutung haben.

Joanas Vertrauen in die Ahnungen war jedoch stark genug die darauf folgende Durststrecke durchzustehen. Sie habe viele Impulse aus anderen Dichtungen erhalten und sei immer wieder in den Protokollen auf wegweisende Bilder gestoßen. All diese Ahnungen hätten ihr Wege in den Wald gewiesen. Darüber hatte sie sich gewundert, denn im Wald ist unsere Sicht beschränkt und die Orientierung mit den Augen reicht nicht aus. Wir sind auf Hilfsmittel angewiesen oder müssen uns gar einer Führung anvertrauen.

Sie habe sich immer wieder im Ausformulieren von Vorstellungen verrannt und habe selber keine Freude an ihren Schöpfungen finden können. „Schließlich war ich nur noch Erwartung", sagte sie, und ich glaubte ihr, dass sie sich dabei gar nicht gut gefühlt hatte.

In dieser gespannten Erwartung habe sie bemerkt, dass ihr mit dem, was sie ahnend sah, ja schon immer etwas überreicht worden war. Von da an war ihr, als sei ihr Wissen ein Feld, in das das Geahnte wie ein Same hinein gegeben werde. Ich bin der Nährboden, mein Interesse und mein Bemühen sind das Licht und meine Arbeit ist die einer Gärtnerin.

Neu an diesem Schreibansatz war, dass sie sich Inhalten hingab, um die sie nicht im Voraus wusste, von denen sie sich überraschen ließ. Sie spürte, zwar, dass das, was sie da entdeckte, in vieler Hinsicht auf sie abgestimmt war, aber die Bilder waren neu und überraschten sie. „Das machte diesen Prozess so spannend. Niemand wird von meinen Geschichten mehr überrascht sein, als ich selbst es bin", sagte Joana.

Woher diese Bilder stammten hatte sie nicht gewusst. Die Geschichten, die sie daraus formte, wollte sie mit ihrem Namen unterschreiben. Dann aber trat eines Abends eine Person auf und Joana war sofort klar, nur sie kann die Autorin sein.

Die Schwierigkeit von dieser Begegnung zu berichten, liege daran, sagte Joana, dass das Treffen zwar in ihrem Heimatort stattgefunden hatte, dieser jedoch in jenem dämmernden Bereich angesiedelt gewesen war. Dort traf sie auf die Frau, die sie als die Urheberin ihrer Geschichten erkannte.

Viel wusste Joana von dem Treffen mit dieser Frau nicht zu berichten. Sie waren, nachdem sie sich auf der Straße getroffen, in eine Gaststätte gegangen. Wieder draußen, habe die Frau beim Abschied ihren Namen verraten: ‚Marie Luise Fleischer'.

Das anfängliche Befremden durch diesen sonderbaren Namen hatte sich bei ihr schnell gelegt. Sie habe in diesen drei Namen wiedergefunden, was sie über lange Zeit als Wirken dieser Person, noch vor ihrer Begegnung, gespürt hatte. Deshalb, so folgerte Joana, sei Marie Luise Fleischer kein

Pseudonym und ebenso wenig sei sie nicht bloß Herausgeberin. „Unsere spezielle Art der Zusammenarbeit hat dazu geführt, dass Marie Luise als Autorin und ich als Schreiberin zu nennen sind."

# Inhalt

Youna  in „Lauter weiße…"  Seite 7

Licia  in „Am Grashalm hängend"  Seite 11

Louise  in „Übervolles Haus"  Seite 17

Lora  in „Die Nacht bevor…"  Seite 25

Jana  in „Sieben Lagen Teppich"  Seite 29

Andrea  in „Die geliehene Teekanne"  Seite 37

Bijla und Inez  in „Brechts Waage"  Seite 53

Solveig  in „Engel und Schlange"  Seite 61

Joana  in „Marie Luise"  Seite 65

Gabriele Menzel

*Mitarbeiterin, mit vielen kritischen Fragen
und Formulierungsvorschlägen*

Andrea Hoffmann

*Lektorieren einiger Geschichten*

Katrin Holtzwarth

*Reaktion auf die Teekanne*

Johannes-Christian Rost

*Umschlag: Entwurf und Gestaltung*

Wilfried Mordmüller

*Seitenformatierung*

Spiel und Holz

*Gewährung flexibler Arbeitszeiten*

Rösi Stocker-Furrer

*Finanzielle Unterstützung*

Janett Petersen

*Ansprechpartnerin bei BoD*


Diesen und allen nicht genannten Mitwirkenden
herzlichen Dank